아버지의 일기

한 지식인의 고뇌와
진솔한 삶의 이야기 孝

아버지의 일기

발행일	2016년 3월 18일			

글쓴이　　이 점 술
엮은이　　이 윤 한
펴낸이　　손 형 국
펴낸곳　　(주)북랩

편집인	선일영	편집	김향인, 서대종, 권유선, 김예지
디자인	이현수, 신혜림, 윤미리내, 임혜수	제작	박기성, 황동현, 구성우
마케팅	김회란, 박진관, 김아름		

출판등록　2004. 12. 1(제2012-000051호)
주소　　　서울시 금천구 가산디지털 1로 168, 우림라이온스밸리 B동 B113, 114호
홈페이지　www.book.co.kr

전화번호	(02)2026-5777	팩스	(02)2026-5747

ISBN　　979-11-5585-936-0 03810(종이책)　　　979-11-5585-937-7 05810(전자책)

이 도서의 국립중앙도서관 출판예정도서목록(CIP)은 서지정보유통지원시스템 홈페이지(http://seoji.nl.go.kr)와
국가자료공동목록시스템(http://www.nl.go.kr/kolisnet)에서 이용하실 수 있습니다.
(CIP제어번호 : CIP2016006599)

성공한 사람들은 예외없이 기개가 남다르다고 합니다.
어려움에도 꺾이지 않았던 당신의 의기를 책에 담아보지 않으시렵니까?
책으로 펴내고 싶은 원고를 메일(book@book.co.kr)로 보내주세요.
성공출판의 파트너 북랩이 함께하겠습니다.

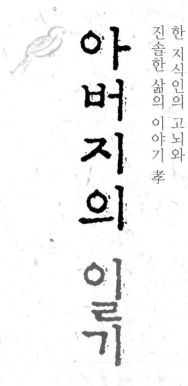

한 지식인의 고뇌와
진솔한 삶의 이야기
孝

아버지의 일기

이점술 글씀
이윤한 엮음

전쟁과 불운의 시대 1951년,
그 121일의 기록

북랩 book Lab

일기日記를 펼치면서

　어릴 때 혼자 골방에서 꺼내보던 아버지의 일기가 드디어 세상에 빛을 보게 되었습니다. 그때는 한문이 많아 띄엄띄엄 읽다 만 일기를 가슴속에만 간직하고, 어른이 되면 다 읽어봐야지 하면서도 끝까지 다 읽지 못하고 이제껏 미루어 왔습니다.

　언젠가는 다시 번역하여 아들과 조카들에게도 아버지의 일기를 읽게 하고 싶었던 간절한 마음을, 이제서야 '공갈못 연밥사랑방'에 올리게 되어 자식 된 도리를 하는 것 같기도 합니다.

　한편으로는 가족 이야기를 다 공개해야 하는 부담도 있지만, 그 당시 1951년 6·25전쟁 상황중의 19세(미혼)에 이런 일기를 남겼다는 사실을 저 혼자만 간직하기에는 너무나 안타까웠습니다.

　그것은 아버지의 일기에는 단지 아버지 개인사만이 아닌, 65년 전의 시대적 상황과 당시의 생활상이 생생하게 들어 있어, 많은 분들과 함께 나누고 싶다는 어떤 사명감 때문입니다.

글, 글씨, 그림, 음악 등 뛰어난 예술가로서, 시골학교 선생님으로서 짧은 삶을 살다 간, 한 사람 한 지식인의 고뇌와 번뇌를 오늘의 우리들이 충분히 공감할 수 있다는 생각이 들면서 아버지의 일기를 올리기로 하였습니다.

한 뼘 정도의 두꺼운 일기장이 이제는 세월의 흐름 속에 다 떨어져 나가고, 손가락 한 마디 정도만 남아 있어 안타까움을 품은 채 '아버지의 일기'를 여러분께 공개합니다.

아버지의 일기는 어쩌면… 이 시대를 살아가는 우리 모든 아버지들의 일기이기도 합니다.

2016년 丙申年 봄

공검국민학교 재직시 1958년(당시 27세)

아버지에 대해서 간단히 적어봅니다.

이름 이 점 술李点述(본관: 경주慶州)

아명 수 만水萬

출생 1932년 1월 2일생(음) 경상북도 상주시 공검면 양정리 789번지

이력

1947. 07. 17	공검국민학교 졸업(3회)
1950. 04. 08	경상북도 시행 초등교원 채용시험 합격
1950. 05. 12	함창중학교 졸업
1951. 07. 28	상주중학교 부설 초등교원 사범과 졸업
1951. 10. 31	준교사
1951. 10. 31	함창남부국민학교 재직
1952. 11. 30	공검국민학교 재직
1953. 07. 01	준교사 자격증 취득
1955. 04. 17	2급 정교사 자격증 취득
1958. 08. 19	내서서부국민학교 재직
1961. 06. 05	사직
1962. 02. 04	폐결핵으로 요절(당시 30세)
(음력 1961.12.30)	

一月 二十日. 맑음 一○°C

잊, 참으로 춥다 매운 바람이

아버지의 일기

- 121일의 기록

<일러두기>

    일기 원본의 한문은 한글과 한자를 병기해 표시하고 현재 맞춤법
과 상이한 글은 현재 맞춤법에 맞게 수정했다. 그 당시의 언어습관을
가능한 살리기 위해 예스러운 표현이나 사투리 등은 그대로 실었음
도 밝혀둔다. 또한 일기 내용 중 해석이 필요한 부분은 각주로 주해
를 달았다.

차례

아버지의 일기 1

1951년(檀紀 四二八四年) 1월 4일(一月四日) 목(木) 맑음

앞문을 열고 보니 바로 보이는 국사봉國寺峯 푸른 소나무, 막 솟아오른 한줄기의 햇빛을 얻어 그 푸른 절개를 자랑하고 있는 것처럼 보인다.

아침 일찍이 일어난 어린 동생들, 아침 찬바람에 밥을 짓느라 추위를 무릅쓰고 애쓰는 모습이 애처롭다.

그들에게도 몹쓸 운명으로 따뜻한 '어머니' 잃고 오직 낯선 타향[1]에 와서 고생苦生하는 것을 생각할 때, 안타까운 생각 금할 수 없다.

나는 '어머니' 별세別世 후부터 아무 중심中心이 없고, 넋을 잃은 자者와 같이 이리저리 맹목적으로 돌아다니고 있다.

고독孤獨에 쌓인 하루의 일과를 무심히 보낸다.

오늘은 매우 따뜻한 날씨로 앞 학교學校[2]의 운동장運動場에는 방위대원防衛隊員 훈련연습을 하는 모습이 씩씩한 한편, 또한 정신이 썩어 빠진 자者들과 같이 보인다.

---

1 피란민이 유숙하고 있는 모습이다.
2 동네 앞(구마이)에 공검초등학교가 있다.

진종일 옛 시조집을 벗 삼아 독서讀書하는 중, 벌써 높푸른 하늘에는 아기별들이 숨바꼭질하기에 바쁜 듯이 깜박깜박 반짝이고 있고, 밤에는 심심하여 영연 댁에 가서 메주를 디디주고 와서 곧 일기장日記帳으로 붓을 옮긴다.

아버지의 일기 2

1951년(檀紀 四二八四年) 1월 5일(一月五日) 금(金) 맑음

날씨는 따뜻하고 맑게 개이었다.

하늘에는 날마다 비행기 소리가 요란히 들리어오다.

오늘은 다만 '꽃 한 송이'란 소설을 한 권 읽고 마치었다.

"소설 감상小說感想"

주인공(순이), 나오는 인물(갑돌, 춘식, 동리사람).

"순이의 굳은 의지意志 또한 갑돌이의 하는 행동行動, 춘식이의 하는 행동, 순이는 그 사치스럽게 차려입고 다니는 춘식에게 쏠리지 않고 한갓, 머슴살이 갑돌이에게 마음을 둔 것은 이 속계俗界에서 아주 드문 일이며 그의 행동은 아주 훌륭한 처녀라고 생각하다.

갑돌이 또한 훌륭한 남자로서 그 춘식에게 그 악질惡質의 행동에도 조금도 노怒하지 않고, 끝까지 점잖은 태도態度로 대對하였다는 점点이 또한 칭찬할 점이다.

부잣집 춘식의 행동이 아주 악질로 갑돌이를 억압하고 물질物質로 순이를 사귀려고 하였으나, 벌써 순이는 정신적으로 갑돌이에게 정복

당하였기 때문에 춘식이는 동네인人들에게 욕설을 얻어먹다."

1. 모든 일이 천성天性이고 본심本心으로 살아가면 누구든지 동정하
   여 준다는 것.
2. 어떠한 일을 하나 정신적으로 지키고 정복하여야 한다는 것을
   절실히 느끼다.

아버지의 일기 3

1951년(檀紀 四二八四年) 1월 6일(一月六日) 토(土) 흐림

아침에 일어나자마자 처음으로 듣는 기적汽笛[3] 소리를 듣다.

나는 매우 반가운 마음 무엇에 비比할 바 없이 벌써 개통開通이 되었
다는 생각이 나도 모르게 떠올랐다.

......

〈중략: 탈색으로 번역이 안 됨〉

......

동막東幕 김삼경金三經 댁에 가다.

가본즉 기쁜 얼굴로 나를 대對하는 그 얼굴 전前과 다름없다.

여기서 점심 한 그릇 맛있게 얻어먹다.

곧 출발하여 병암 사진관에 가서 모시가다[4] 사진을 한 장 찍었다.

오늘 쓴 돈을 계산計算하여 본즉 8백환을 한 것 없이 쓰고 말았다.

장검을 빼어 들고 백두산에 올라 보니

---

3   양정역 기차(증기기관차) 지나가는 소리(경북선).

4   모시(웃)+가다(폼) → 모시(한복)로 폼 잡고 사진 찍다.

일엽제잠이 호월에 잠겨세라

언제나 남북 풍진을 헤쳐 볼가 하노라

- 남이[5]

---

5 남이(1441~1468, 세종 23년-예종 즉위년)
  · 일엽제잠: 제잠은 옛날 중국에서 우리나라를 일컫던 말. 일엽제잠은 조그맣게 보이는 우리나라
   를 뜻함.
  · 호월: 북호北胡와 남월南越
  · 잠겼에라: 잠겨 있구나
  · 남북풍진: 남만南蠻과 북적北狄의 병란

아버지의 일기 4

1951년(檀紀 四二八四年) 1월 9일(一月九日) 화(火) 비, 눈

아버지의 깨움에 일어나 본즉 벌써 조반朝飯이었다.

납작한 하늘에서는 조금씩 비가 내려오기 시작始作하여 오후午後에는 눈과 뒤섞이어 내려와서, 길마다 사람들이 밟으므로써 질고 질어 길 걷기에 불편不便하다.

오늘도 길거리마다 집집마다 서로들 모이면 피란避亂 갈 이야기, 피란 갈 준비에 넋을 잃고 모두 다 놀기를 즐기며 하루하루 일과日課를 보내는 것 같다.

나 역시 마음 잡지 못하고 그저 이리저리 돌아다니며 놀 뿐이다.

석시夕時⁶가 되어 비와 눈은 여전히 더 오지도 않고 덜 오지도 않고, 우리나라를 원망하는 하느님께서 눈물을 뿌리듯 그치지 않고 내려온다.

나는 요사이 항상 정답고 재미나는 '옛 시조집'을 옆에 끼고 읽어 옛사람들의 풍속風俗을 더듬어 보는 것이 나의 유일有一의 낙樂이다.

---

6 저녁.

꽃이 진다하고 새들아 슬퍼 마라

바람에 흩날리니 꽃의 탓 아니로다

가노라 희 짓는 봄을 새와 무삼하리오

- 송순[7]

---

7 송순의 '올사사화가'이다. 속뜻은 간단지 않다.

꽃이 진다고 새들아 슬퍼하지 말아라. 바람에 못 이겨 흩날리는 것이니 꽃의 탓이 아니로다. 벼나
느라 훼방하는 봄인데 어찌 미워하겠느냐.

꽃이 진다는 것은 많은 선비들의 죽음을, 새들은 이런 꼴을 바라보고 있는 백성들이다.

바람은 올사사화를, 꽃은 선비들을 지칭하고 있다.

희 짓는 봄은 득세한 소윤 윤원형의 일파를 말한다.

새와 무삼하리오는 이를 어쩌겠느냐 하는 것이다.

탄식과 체념이 섞인 당시의 시대상을 대변해주고 있다.

아버지의 일기 5

1951년(檀紀 四二八四年) 1월 10일(一月十日) 수(水) 흐림

　일찍 아침을 먹고 곧 사진 찾으러 갔다.

　가본즉 만나지 못하여 김정웅金正雄[8] 댁에 가서 곧 김정열金正烈 집으로 갔다.

　거기에는 김용수, 김춘수가 벌써 와서 있었다.

　여기서 중식中食[9]을 먹고 사진을 찾아 가져오다.

　나는 매우 기분氣分이 나빠졌다.

　사진이 불호不好하게 되어서 오늘은 여기서 자꾸만 놀다가 가자고, 여러 친우親友들이 말리기에 김삼경 댁에 가서 석식夕食[10]을 먹다.

　나는 생각하였다.

　삼경의 모친母親과 삼경과의 그 애정愛情의 이야기 아주 모자간母子間에 숨김없는 사랑이 넘쳐흐르는 말씀이, 지나간 나와 '어머니'가 지냈던 그 따뜻한 생각이 우러나 눈물이 흐르기 시작始作하였다.

8　동막 2리, 공검초등학교에 재직하였다.

9　점심식사.

10　저녁식사.

캄캄한 밤이 눈 내린 관계로 좀 환하였다.

크고 큰 마을이 잠든 것처럼 고요하고 때때로 비행기 소리, 개 짖는 소리가 들리어 올 뿐이다.

우리는 김정팔金正八 댁에서 모두 다 놀았다.

서로들 또한, 시국時局이야기 하는 동안 친구들은 깊이 잠들어 어느새 날이 환히 새여 아침조반朝飯[11]을 먹었다.

오후午後에 정만, 동무 일행一行이 사진 찍다.

---

11 아침식사.

아버지의 일기 6

1951년(檀紀 四二八四年) 1월 11일(一月十一日) 목(木) 흐림

김정팔 댁에서 자고 조반朝飯을 먹었다.

이 집 가정家庭환경은 매우 안락하고 따뜻한 가정생활生活인 듯하였다.

우리는 여기서 이신우李信雨 댁에 가서 사진을 찾으러 갔으나, 찾지 못하고 그만 거기서 사벌沙伐동무, 춘수, 용수들과 작별作別하고 곧 집으로 왔다.

집에 온즉 아버지의 걱정이 매우 심하셨다.

나날이 들리어 오는 전과戰果소식이 점점 후퇴後退한다는 소식이 들리어 사람들의 인심人心을 소란하게 만들어 주고 있다.

작은 것이 높이 떠서 만물을 다 비취니
밤중의 광명이 너만한 이 또 있느냐
보고도 말 아니하니 내 벗인가 하노라
- 윤선도[12]

---

12 〈현대어 풀이〉
   자그맣게 생긴 것이 하늘 높이 떠서, 온갖 물체를 모두 비추어 주니 어두운 밤중에 빛을 내는 것
   이 너만한 것이 또 어디 있겠느냐? 그리고 나를 보고도, 새삼스런 인사를 않는 것으로 미루어 너
   야말로 내 친구가 아닌가 싶다. - 윤선도

녹양이 천만사인들 가는 춘풍 매어 두며

탐화봉접인들 지는 꽃을 어이 하리

아무리 근원이 중한들 가는 임을 어이리

- 이원익[13]

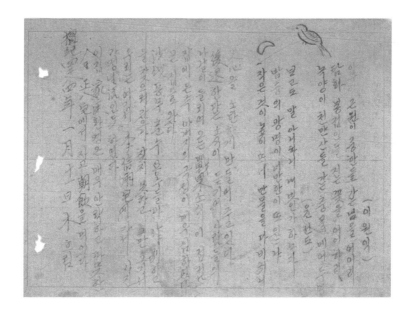

　　푸른 버들가지가 천 갈래 만 갈래의 실과 같다고 한들 가는 봄바람을 어찌 잡아 맬 수 있으며, 꽃
을 찾아다니는 벌과 나비라 해도 떨어지는 꽃을 어찌하겠는가? 아무리 사랑이 중요하다고 해도
떠나가는 임을 잡을 수가 있겠는가? - 이원익

〈창작 배경〉

작자는 인품이 대쪽같이 곧아서 의절을 굽히는 일이 없었다.

임진왜란 때에 어진 재상 유성룡을 정인홍 등이 모함하는 것을 영의정인 그가 적극 변호하다가
파직된 일이 있으며, 또 광해군의 폐모를 반대하다가도 귀양을 갔었다.

그러면서도 인조반정 후에 폐위된 광해군을 처형하려는 논의에도 극력 반대하였다.

천명을 거스르는 일은 하지 않는다는 그의 인생관과 더불어 너그러운 사람됨을 담은 작품이다.

아버지의 일기 7

1951년(檀紀 四二八四年) 1월 12일(一月十二日) 금(金) 맑음

해가 돋기도 전前에 일어나서 밖으로 나가다.

사방四方은 흰 눈에 쌓여 덮여 있다.

멀리 보이는 '어머니' 무덤에도 흰 눈이 덮여 나의 마음을 한층 더 쓸쓸하게 하여 뼈에 사무치게 만들어 줄 뿐이다.

오늘 아침 역시 들리어 오는 전과戰果 소식은 점점 불리不利한 소식 뿐이고, 심지어는 문경聞慶까지 소개령疏開令[14] 하였다는 말을 듣고 나는 어쩔 줄 모르고 곧 집으로 오다.

요사이는 책 한 장도 읽지 못하고 귀중한 시간을 보내고 있다. 또다시 나는 지난 함중咸中[15]의 그 시절時節과 같이 아무 계획도 없고, 따뜻한 부모父母 밑에 공부하여 결코 그와 같은 성적成績을 나타내게 되었기로 요번 또한, 그런 그때의 같이 불리不利한 성적成績을 나타낼까 우려하다.

---

14 공습이나 화재 등에 대비하기 위해, 한 곳에 집중되어 있는 주민이나 물자, 시설물 등을 분산시키는 명령.
15 함창중학교.

오후午後에는 한韓 선생님 오다.

선생님으로부터 아군我軍의 전과戰果가 10일부터 호전好戰으로 진격중進擊中이란 소식을 듣고 매우 기뻐하였다.

모두 다 기쁨의 얼굴로! 잠깐 동안 다른 기쁨의 이야기를 하였다.

아버지의 일기

아버지의 일기 8

1951년(檀紀 四二八四年) 1월 13일(一月十三日) 토(土) 맑음

희망希望에 넘치는 해님의 광선光線이 대지大地에 비취자 온갖 생명生命이 있는 생물生物은 모두 움직이고 있다.

앞 학교學校에서 방위대원防衛隊員은 합숙合宿하고 있다.

새벽에 잠을 깬 그들은 오늘의 '삶의 길'을 개척開拓하기 위하여 활동活動하고 있다.

날은 맑게 개이고 따뜻한 날씨다.

앞 길가에는 피란민이 봇짐을 싸서 지고, 어린아이를 업고, 나라 없는 백성百姓처럼 따뜻한 고향故鄕을 떠나 오직 낯설은 타향他鄕에서, 추움과 배고픔을 견디지 못하여 근심과 눈물에 싸인 얼굴로 지나가고 있다.

또한 앞 학교學校에서 방위대원防衛隊員들 역시 따뜻하고 뜨거운 밥은 버리고 춥고 추운 교실敎室 속에서 오늘이라도, 후송령後送令[16] 오기를 대기待期하고 있는 대한大韓의 청년들! 그들에게 무슨 죄와 무슨 잘

---

16 후방으로 보내어지다.

못이 있는가?

오늘의 일과日課도 어느덧 지나 벌써 서산西山에는 처녀의 눈썹 같은 반半달이 솟아 대지大地의 눈에 덮인 산천山川을 비춰고 있다.

나는 석반을 마치고 달빛이 어리는 '어머니' 무덤을 멀리서 보았다.

그 역시 달빛은 비춰고 눈은 쌓여 더욱더 나의 마음을 외롭게 만들어 눈물과 울음이 저절로 하염없이 나오다.

고故로 나는 참지 못하여 '어머님' 무덤에 가려고 한 걸음 두 걸음 옮겨 보았으나, 밤은 깊어 생전生前에 잘못한 죄는 울어도 소용없고 슬퍼하여 소용없다는 듯이, 찬바람이 나의 살을 에는 듯 때려와 권영달 댁에 들어가 몹시 울고 울었다.

높은 하늘에는 비단 같은 고운 반달을 옹호하는 작은 별들이 점점이 밤을 점령하고 있다.

'어머니'! '어머니'! 불효자不孝子는 웁니다.

하늘에서 내린 차고 찬 함박눈은 '어머님' 무덤을 덮었습니다.

생전生前에 춥다하신 '어머님' 말씀, 지금에 잊지 않고 나의 마음을 아프게 합니다.

'어머님' 별세別世하신 지 40일 지내어 이 몸 '어머님' 따르지 못하고 아버지 슬하膝下에 평안平安히 있습니다.

사랑에 넘치는 '어머니' 얼굴, 따뜻하게 귀엽게 말씀하시는 '어머님' 마음, 그 사랑 그 영광을 받은 이 몸은 쓸쓸한 인생人生 벌판에서 누구를 믿으오리까? 지금도 떠오르는 영원永遠한 얼굴, '어머니' 살아 있는 영靈을 눈물진 가슴에 모시었습니다.

따뜻한 이바지,[17] 고운 시중 한 번도 못 받으신 외로웠던 '어머니' 눈물 지고 이신 그대로 세상 간世上間의 닻[18]이었습니다.

근심, 고생, 슬픔을 고이 더러 밟고 가신 '어머니' 저 세상世上 밝은 집, 신神의 창窓 안에서 내 '어머니' 거기서 영복永福에 잠기오소서….

슬픔과 뼈아픔을 누구께 호소하리오!

다만 지[19] 슬픔과 뼈아픔은 이 몸뿐이오.

오늘도 울음과 고독 속에서 '어머니' 생각을 하여 보았소.

세상世上 버리고 가신 '어머니' 생각 타 무엇하리!

한숨 지누나!

---

17 '잔치'의 방언, 혼례 후에 신부 집에서 신랑 집으로 음식을 정성 들여 마련하여 보내줌.
18 배를 한 곳에 멈추어 있게 하기 위하여 줄에 매어 물 밑바닥으로 가라앉히는 갈고리가 달린 기구.
19 다만의 옛말.

아버지의 일기 9

1951년(檀紀 四二八四年) 1월 15일(一月十五日) 월(月) 맑음

국사봉國寺峯[20] 산마루에 붉은 햇빛이 온 산허리를 비춰자, 캄캄하고
어두웠던 밤이 환히 광명천지光明天地로 변變하였다.

요사이 들리어 오는 전과戰果의 소식消息, 날마다 호전好戰으로 진격
중進擊中이라는 보도가 들리어 오다.

모두 다 초조한 마음, 일시一時도 참지 못하고 피란避亂 갈 준비에 바
쁘던 사람들이 요사이는 조금 안심安心한 마음을 주고 있다.

오늘은 앞 학교學校의 전교생全校生 소집일召集日이다.

동시同時에 교장校長 부임인사赴任人事 및 전근轉勤 또한 부임인사赴任人
事를 하다.

밤에는 동무들과 박태식朴泰植 댁에서 재미있게 하룻밤을 지내다.

두류산 양단수를 네 듣고 이제 보니
도화든 맑은 물에 산영조차 잠겨세라

---

20 국사봉 아래에 국사國寺란 절이 있었다고 하여 국사봉(338m)이라 하였다.(상산명감 商山明鑑, 1960).

아희야 무릉이 어디냐 나는 옌가[21] 하노라

- 조식[22]

국사봉(사진 권동환)

21　여기인가.

22　두류산頭流山 양단수兩端水를 예 듣고 이제 보니,
　　도화桃花 뜬 맑은 물에 산영山影조차 잠겼세라
　　아희야 무릉武陵이 어디뇨 나는 옌가 하노라.
　　- 남명南冥 조식曺植(1501~1572)

아버지의 일기 10

1951년(檀紀 四二八四年) 1월 16일(一月十六日) 화(火) 맑음

아침을 먹자마자 '못가'로 담배[23] 사러가다.

연然[24]이나 주인主人이 없어 사지 못하고 오늘은 대도로大道路에 부역賦役을 갔다.

본즉 벌써 다른 구역區域 사람은 모래 운반運搬을 하고 있다.

이 동안 도로道路에는 몇 분分을 쉬지 않고 뒤이어 오르락내리락 군수품軍需品 실은 자동차自動車, 군인軍人을 실은 자동차自動車 여러 가지 기계로 이루어진 자동차自動車들이 바쁜 듯이 도로 위를 쏜살같이 달리고 있다.

과연 미국美國의 과학科學을 자랑할 만한 기계 또한 여러 가지 물품物品을 가지고 있다는 것을 볼 때, 나는 우리나라는 언제나 미국美國과 같이 문명국가文明國家가 되어볼까? 하는 것에 한숨을 쉬었다.

오늘 나는 깜디[25]를 처음 발견發見하였다.

---

23 담배 심부름.

24 예스러운 표현으로 '그러하나', '그러나'의 뜻을 나타내는 접속 부사

25 흑인.

우리 집에 오랫동안 병환으로 계시던 정표鄭杓 선생님이 완전히 병을 나으시어, 오태吾台 처가댁으로 간다는 말을 듣고 또한 둘의 내외內外 오랫동안 고생, 고통을 하시다가 가시는 모습을 바라볼 때 나는 매우 반가운 마음 불금不禁,[26] 피란민이 13명이 유숙하다.(조국의 혼란으로 집을 떠난 그들)

---

26 금할 수 없음.

아버지의 일기 11

1951년(檀紀 四二八四年) 1월 17일(一月十七日) 수(水) 맑음

아랫방 '피란민' 아이들의 우는 소리에 잠을 깨니 자동차自動車, 비행기소리 요란스럽게 나다.

아침 먹은 후 '못가' 담배 사러 갔다.

거기서 우식, 문석 집으로 다녀와서 줄곧 오다.

오후에는 권영연, 권영직이와 무지미 주막에 가서 쇠고기와 술을 사먹다.

거기서 내려오는 길에 바로 보이는 '어머니' 무덤은 못난 이 자의 가슴을 애태우다.

벌써 1월도 절반을 뚝 꺾어 17일이다.

여태껏 지난 휴일休日을 회고하여 본즉 아무 한 것 없이 지나 지금에 아주 면목 없는 인간人間이 되었다.

오늘부터 나는 모든 숙제 또한 공부하여 볼 예정豫定으로 책을 아랫방으로 옮기다.

오늘도 몇 시간만 있으면 또다시 내일로 옮아갈 즈음에 최현규崔賢

圭[27]를 만나다.

본즉은 내외內外 단둘이 처가·친정을 가는 모양이다.

그 모습 아주 행복의 첫걸음으로! 그들의 희망希望을 가슴에 안고 웃음을 띠며, 산허리로 그만 선녀 같은 그들은 자취를 감추어 버렸다.

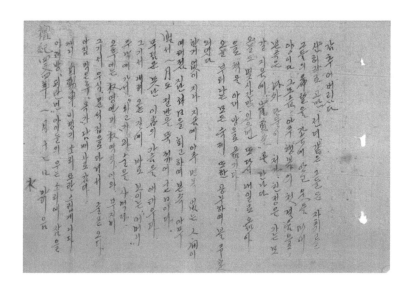

---

27 양정 2리(무지미), 함창 성모중학교에 재직하였다.

아버지의 일기 12

1951년(檀紀 四二八四年) 1월 18일(一月十八日) 목(木) 맑음

창외窓外는 밝은 반달이 인간천지人間天地 온갖 만물萬物에 밝게 비춰고 아버지 옆에서 달게 자는 이내 몸은 꿈속에서 '어머니'를 보다.

꿈 역시 '어머니'는 생시生時와 똑같은 사랑으로 귀엽게 말씀을 하시는 것이다.

나는 깜짝이 꿈을 깼다.

그러나 '어머니'는 간 곳이 없고 '어머니' 보고 싶은 마음 간절할 뿐이다.

나도 모르게 울음과 눈물이 쏟아져 아버지에게 많은 근심을 시켰다.

붓을 옮기는 이 순간 역시 '어머니'가 그립고 보고 싶은 마음 무엇에 비할 바 없이…

꿈속에 그립고 보고 싶은 '어머님' 얼굴 꿈속이 아니면 영원永遠히 보지 못할 '어머님'. 아! 감개무량感慨無量[28]

- 무상無常 -

---

28 마음속에서 느끼는 감동이나 느낌이 끝이 없음.

오늘은 아랫방에서 김태경金泰經과 공부하다.

밤에는 모두 여러 아이들이 모여서…

조선朝鮮의 민요집民謠集[29]에서

여봐라, 말 들어라

천지간天地間 만물지중萬物之衆에 사람이 최귀最貴하여 삼강오륜三綱五倫, 인의예지仁義禮智가 사람의 근본根本이니 소년행락少年行樂,[30] 부모봉양父母奉養, 보국안민報國安民하는 법法은 대장부大丈夫의 할 일이로다.

---

29 동문선습童文先習: 조선시대부터 내려오는 아동학습용 교재.

30 젊어서 노니는 것.

아버지의 일기 13

1951년(檀紀 四二八四年) 1월 19일(一月十九日) 금(金) 맑음

조반朝飯을 마친 후, 곧 밖으로 나가다.

날은 따뜻하여 바람 한 점 없다.

공중空中에는 '호주기' 4기機가 쏜살같이 달리고 있다.

전과戰果의 소식을 전연全然 듣지 못하겠다.

오늘은 진종일 화학학습장化學學習帳, 교육학습장敎育學習帳, 물리학습장物理學習帳 정리로 밖에 나가지 않다.

오후午後에 배창문裵昌文 선생님, 원제元濟 선생님이 오다.

앞 학교 운동장學校運動場에는 오늘도 역시 훈련訓練을 하고 있다.

나는 절실히 느끼다.

인간人間은 은혜恩惠를 모르면 그것은 절대 사람이 아니다.

나의 아버지는 너무나 학교 교직원學校敎職員에게 휩쓸리어 일하시는 것 같다.

물론勿論, 못난 이 자者를 위함이겠지만 또 한편 남과 같은 삶의 길을 개척하지 않으면 안 되는 것을 나의 마음 어느 구석에서 조금 느낀 바이다.

오직 지금 세상世上은 자기自己의 완전完全한 삶의 안에서 살아야 하며 남의 것을 탐내지 마라.

자기自己가 먼저 잘살아야 비로소 불쌍하고 동정심同情心도 있는 것이다.

아버지와 몸 아픈 '어머니' 몸으로 그 더운 여름날 밥을 하여 주었건만, 오직 지금은 도리어 그들이 우리에게 불안감不安感감을 주는 것 같다.

아버지의 일기 14

1951년(檀紀 四二八四年) 1월 20일(一月二十日) 토(土) 맑음

  방에서 공부工夫할 예정豫定으로 아랫방에 들어가 본즉, 술 냄새 또한 방이 싸늘해 곧 학교學校로 가서 민요民謠를 독서讀書하다.

  중식이 되어 밥 먹으러 왔다.

  그러나 찬밥을 삶은 관계인지 맛이 없어 조금 먹다가 말았다.

  곧 아랫방에 가본즉 술을 걸러놓고 아주 추지건하게 만들어 나의 마음을 불쾌不快하게 만들어 주었다.

  참으로 삼촌三寸 어른도 너무나 금전金錢이라 할까? 삼촌 손수 나는 좀 '경輕'한 상업商業이 아닌가? 생각되었다.

  오직 이것은 없는 사람의 비애가 아닌가? 또한 우리의 손실이 아닌가? 나 자신自身이 부끄러운 감感이 들다.

  10시경時頃에 점룡點龍 선생님을 만나다.(승배자)

  오늘 News 듣기에 방위대원防衛隊員들이 모이다.

  갑종甲種인 이들은 내일 총 소집總召集으로 바로 전투지구戰鬪地區로 간다는 소식을 듣다.

나는 가슴이 서늘하였다.

그들의 가정상태家庭狀態가 어떠한지 부모父母님들의 걱정, 우리 구
區[31]에도 명원明元 형이 가기로 되어 그의 내자 씨內者氏[32]께서 작별作別
의 울음소리 한숨 지누나!

---

31 리里
32 아내

아버지의 일기 15

오늘은 대한大寒이다.

참으로 춥고 매운 바람이 불어 '대한추위'라는 뚜렷한 추위를 만들어 사람들의 몸을 수축하고 있다.

조반朝飯을 마친 후, 삼촌三寸 어른께서 사진寫眞을 찾으러 가라 하시다.

연然이나 추위로 말미암아 독서하다.

이 동안 추위를 무릅쓰고 길에서 사람들의 소리가 들리어 나가 본즉 많은 사람들이 모여, '방위군防衛軍' 30명이 그리운 고향땅을 버리고 조국통일祖國統一에 한 사람이라도 싸워 보겠다는 마음으로 출발出發하는 모습이었다.

여기에 '부모처자'들은 자기 자식自己子息을 작별作別한다는 것으로 눈물을 머금고 배웅을 나왔다.

그들의 깊은 인연因緣이랴! 오죽하랴! 정든 고향산천故鄕山川을 버리고 떠나는 그들!! 따뜻한 부모처자父母妻子의 슬하膝下를 버리고 오직 쓸쓸하고 험악한 눈 내리는 타향他鄕땅에서….

나는 멀리서 그들의 귀체貴體[33] 만강하오시기 빌며 영원永遠한 승리勝
利의 태극 깃발 아래에 다시금 정든 산천山川을 웃음으로 돌아오시기
를 눈물을 머금고 축복하였다.

그윽 그윽한 저녁노을이 사라질 적, 두견새[34] 한 마리 매화가지에
외로이 앉아 우노라.

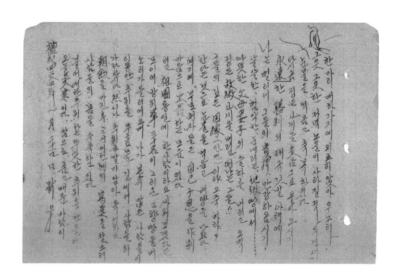

---

33 상대방을 높여 그의 몸을 이르는 말.
34 소쩍새.

아버지의 일기 16

1951년(檀紀 四二八四年) 1월 22일(一月二十二) 월(月) 맑음

　구름 한 점 없는 높은 하늘에 다만 '호주기' 4기機만 공중을 요란케 하며 날아갔다.

　조반朝飯 후, 곧 병암에 삼촌三寸의 사진을 찾으러 갔다.

　오후午後에는 점룡 선생님이 오다.

　또 김정필 군이 찾아오다.

　그러나 두통頭痛으로 견딜 수 없어 곧 눕게 되었다.

　밤이 되어도 역시 아파서 견딜 수 없어 아버지의 간호에 조금 덜하였다.

　아픔의 순간 나는 물끄러미 돌아가신 '어머니' 생각이 나서 눈물이 하염없이 흘러내려오다.

　'어머니'가 살아계셨더라면, 조금이라도 나에게 음식을 먹게 하여 줄 것이라는 생각 속에서….

　날은 밝게 광명천지光明天地로 변變하였다.

　조금 두통이 덜한 것 같다.

내가 요사이 남모르는 결심決心의 약속이 허사로! 하루를 허송하는 것 같다.

그들에게 부끄럽지 않은 인간人間이 되겠다는 심중결심心中決心을 하였다.

오늘은 두통으로 아버지의 걱정을 시켰다.

아버지의 일기 17

1951년(檀紀 四二八四年) 1월 23일(一月二十三日) 화(火) 맑음

　밤늦게 돌아온 후, 산심심야山深深夜 깊은 밤에 높이 떠서 날아가는 비행기 소리 들으면서….

　날은 좀 풀리어 따뜻한 날씨다.

　어젯밤 아팠던 두통이 좀 풀리어 조금 아픈 몸을 무릅쓰고 학교學校로 갔다.

　곧 원제 선생님, 배창문 선생님을 만나다.

　아침에 매우 반가운 웃음으로! 오후午後에는 병희 형 댁으로 다녀 곧 석반夕飯을 마치었다.

　밤에는 '영연' 형과 놀다가 홍식洪植 댁으로 갔다.

　가본즉 적은 아이들이 모이어 또다시 꽃장난35을 하고 있다.

　나는 좀 더 큰 인간人間이 되고 싶었다.

　좀 더 위대한 사람과 같이….

　모든 행동行動으로부터….

35　화투놀이

여기서 노는 동안 여러 아이들과 밥내기, 아주 어린아이들의 유치하고 아주 순박한 어린아이들의 장난이었다.

섣달이라 보름달은 구름 속에 반신半身을 감추고 소년少年들이여! 촌음寸陰을 아껴 쓰라는 듯이 우리들이 놀고 가는 그 모습이 안타까운 듯이 구름 없는 창공을 통通하여 비춰고 있다.

동지同志들아! 우리는 부지런히 닦고 배우자!

아버지의 일기 18

아침의 첫 광선光線에 잠을 깬 참새 두 마리, 정신을 잃은 듯이 나뭇가지에 앉아 있다.

'어머님' 돌아가신 후로부터 아버지의 모든 일은 60세歲에 가까운 노쇠老衰임에도 불구不拘하고, 일일이 집안을 보살피는 아버지야말로 어느 무엇에도 비比할 바 없이 높으신 은공恩功인가 합니다.

오늘도 추움을 무릅쓰고 콩 타작[36]을 하시며 밤에도 어린아이와 제 삿밥 짓기에 고생苦生하시는 아버지! 나는 그동안 눈뜨기 시작하여 따뜻한 부모의 슬하膝下 아래서 사랑과 귀여움을 받아, 이 사회社會의 풍난風難을 맛보지 않고 곱게 자란 이내 몸! 지금은 오직! 높으신 '어머니' 이 세상世上에 또다시 없는 진정으로 이 불효자不孝子를 인도引導하시며 사랑하시던 '어머니' 영원永遠한 황천黃泉길을 밝히시고….

나는 어쩌면 홀로 남으신 아버지를 좀 더 행복幸福하게 생활生活하시며, 평안平安하시게 계시도록 하는 문제에 겉으로 눈물이 나고 속으로

---

36 콩 타작은 가을 추수기에 하나, 할머니께서 돌아가셔서 겨울에 콩 타작을 하고 계신다.

불이 나는 아주 막연漠然한 나의 장래將來를 생각하며….

　오늘은 수학數學 Note 정리整理하다.

　수학數學은 어려운 과科로 노력努力과 해수解數하지 않는 이 자者로서….

아버지의 일기 19

1951년(檀紀 四二八四年) 1월 25일(一月二十五日) 목(木) 맑음

어젯밤 늦게까지 놀았는지 아침 늦게서야 일어나다.

9시경에 박병룡朴炳龍[37] 군이 찾아오고 또한 화동의 망기 모두 다 왔다.

조금 후 밖을 나가 본즉 김창원金昌元[38] 군이 역곡力谷으로 영예로운 결혼식結婚式날이다.

나는 이 광경을 볼 때 나도 좀 일찍이 부모님 말씀에 의依하여 '결혼' 하여서 '부모' 봉양奉養을 하였더라면 하는 생각이 우러나다.

그리고 길에는 또다시 영광榮光스러운 징병소집徵兵召集 영장令狀을 받아 씩씩한 모습으로 집합장소集合場所로 모여드는 것이다.

물론, 여기에는 사랑하는 아들, 유정랑군有情郎君[39]을 보내기에 슬픔을 금禁하지 못한 얼굴로 자식子息 혹은 남편男便의 뒤를 따르고 있다.

특特히 결혼한 지 5일을 못 지난 '최현규' 내외內外 그들의 '인연', '정', 이상異常한 운명運命, 이상한 인생人生의 수레바퀴 그들의 작별作別 무한

---

37 동막 1리(쌈바), 대구에서 공인회계사로 이름을 떨치었다. 아내와 같이 어르신 내외분을 찾아뵙고 아버지에 대하여 많은 얘기를 들을 수 있었다.

38 동막 1리(구마이), 경상북도 상주사방사업소에서 근무하였다.

39 정情을 둔 남편.

한 슬픔 무엇에 비比할까! 또한 정다운 김삼경이 영장令狀을 받았다는 소식消息이 날아들었다.

나는 갑자기 정신을 잃을 것 같고 이 소식이 참말인지, 거짓말인지 분간하기 어렵다.

하도 기막히어 삼경이가!! 하는 소리가 나도 모르게 무의식적無意識的으로 나왔다

곧 삼경이 뒤를 이어 따라갔다.

가는 도중 또한 이신우도 간다는 말에 더욱 섭섭함을 금禁하지 못하였다.

이쪽 저쪽에서도 모이어 가는 것이었다.

공중에는 낮게 뜬 수송기輸送機 한 기機가 국사봉國寺峯 위에서 한 바퀴 돈 후, 그만 저 멀리 산 너머로 소리와 함께 자취를 감추어 버렸다.

우리들은 떠나는 친우親友들을 위로하면서 집합소集合所까지 갔다.

또한 슬픈 소식 이종진李鐘辰이도 간다는 말과 권태수權泰守도 긴다는 말이었다.

이제 나는 참말로 정다운 동무들을 모두 작별作別한다는 생각에 감개무량感慨無量하였다.

우리 일행一行은 우석禹錫 댁에 가서 떠나는 그들의 영원永遠한 건강을 빌며 축하하기 위하여, 음식飮食을 조금 준비하여 한 미소로서 좌석을 마치고 곧 나갔다.

본즉 모두들 슬픔에 가득한 얼굴로 배웅을 나온 모습에 나 자신自身 또한 슬픔을 말할 수 없었다.

시각時刻은 멈추지 않고 흘러 벌써 출발出發 시간이 되어 출발하였다.

이 순간 떠나고 보낸 이의 슬픔은 어떠할꼬? 우리는 골마 앞들까지 따라갔다.

따라간들 별 수 없는 하소연 우리들은 눈물을 머금고 마지막 최후最後의 건강을 빌며 또한 마지막 '악수'로써 그들을 작별作別하였다.

멀리서 그들이 자취를 감출 때까지 바라보았다.

눈물을 머금고 바라본들 아무 소용所用 없는 우리들은 곧 뒤돌아 집을 향向하여 왔다.

참으로 정다운 그들을 보내고 집에 온즉 우연히 섭섭한 마음을 참지 못하여 석반夕飯 후, 이 거리 저 거리로 헤매어 보았다.

그러하던 중, 명원 형 댁에 가서 놀다 오다.

나는 사창에 달빛 어린 방 한구석에서!! 이신우, 김삼경, 권태수, 이종진, 정용진, 안창주,[40] 최현규, 김인섭, 이덕수 이들의 친우親友를 영원永遠히 건강하게 싸워 주시길 빌며….

또한 공검면恭儉面에서 가시는 모든 젊은 동지同志들 건강하시기를 바라마지 않다.

---

40 중소 2리, 공검중학교 동창 안성일의 부친이다.

아버지의 일기 20

1951년(檀紀 四二八四年) 1월 28일(一月二十八日) 일(日) 맑음

  잠을 깨자마자 곧 자동차自動車, 탱크 소리 지나간 날과 같이 요란스럽게 들리어 마을 사람의 '심정'을 또 초조하게 만들어주다.

  나는 급急히 뒷산에 올라 가본즉, 조금도 보이지는 않으나 소리만 요란하게 들리어 온다.

  10시경에 뒷논에 얼음 타러 갔다.

  거기에는 벌써 마을의 어린아이들이 놀고 있다.

  여기서 김대경金大經의 어리석음으로 물에 빠져 허둥지둥….

  낮에는 배창문 선생님과 함께 학교學校에서 놀던 중, 하도 심심하여 낙화생[41]을 사 먹으려고 하였으나 물건物件이 없어 못 사먹었다.

  시각時刻은 일초一秒를 멈추지 않고 흘러서 벌써 방학放學도 14일 남았다.

  나는 이 동기 방학冬期放學 40일을 좀 더 '유달리' 한번 모든 것에 연구 공부하여 남에게 뒤지지 않는 인간人間이 되어 보려고, 마음속 굳

---

41 땅콩.

은 약속이 내란內亂이란 두 글자로 이 자者의 마음을 바로잡지 못하여 벌써 한 달이 흘러가고 말았다.

겉으로는 바보같이 속으로는 붉은 피, 끓는 대한남아大韓男兒 되어 보자.

자기自己가 무엇이라고….

전투기 4기機가 밤하늘에 높이 뜨다.

그들은 누구를 위함인가?

아버지의 일기 21

1951년(檀紀 四二八四年) 1월 29일(一月二十九日) 월(月) 맑음

27일. 서울에 계시는 작은아버지께서 오시다.

모든 식구食口가 무사無事한 몸으로 내려오시었다.

아버지와 나는 기다리던 때이라 매우 반가워 마지않았다.

오늘은 생물生物 숙제宿題를 하려고 결심決心하였다.

연然이나 잉크, 학습장學習帳이 없어 4, 5, 6권의 책을 읽으려고 학교學校로 갔으나 손님으로 인因하여 그만 아무것도 하지 못하다.

요사이는 점점 전과戰果가 호전好戰으로 진격중進擊中인 고故로 모두 마을 사람들은 '설' 준비에 한창이다.

오후午後에는 중식을 먹고 학교學校로 가서 배창문 선생님과 함께 여러 가지 이야기를 하며 놀았다.

어제 오늘 아무 편리便利 없는 금액金額 칠백환을 썼다.

아무것도 산 것 없어 칠백환이란 '돈'을 쓴 것은 도저히 아버지에게 대對할 면목이 없었다.

요사이 떠돌아다니는 난언亂言 "소련에 속지 말고, 미국에 믿지 마라! 일본이 일어나니 조선아! 조심하라"는 아무 근거 없는 소리가 이 속계에 떠돌아다니다.

아버지의 일기 22

1951년(檀紀 四二八四年) 1월 30일(一月三十日) **화**(火) **맑음**

  돌보아 주신 누님, 못난 동생을 위하여 특特히 귀엽게 키우시며 가르쳐 주신 누님, 몹쓸 운명運命으로 매형妹兄은 악독惡毒한 제국시대帝國時代에 저 멀리 타국他國땅 하퇴[42]로 징병徵兵 가시고, 오직 누님 홀로 외롭게 쓸쓸히 이 세상世上을 살아 계시다가 마침내 아! 아! 몹쓸 병, 무서운 폐병肺病, 난병으로···.

  호화로운 영광 조금도 없었던 누님은 23세歲를 일기一記로 아까운 청춘靑春을 그만 영원永遠한 황천黃泉길, 천단天壇[43]의 길로 영면永眠히 잠드시었다.

  그동안 꽃 피고 잎 피는 봄, 홍엽紅葉을 자랑하던 그 가을 추운 겨울로 어느덧 3년을 지나고 말았다.

  이 동안 한때 교원채용시험敎員採用試驗에 합격合格이란 두 글자로 이 자者의 마음을 반갑게 기쁘게 한 때도 있었으며, 또한 ○○○○○에 불합격不合格한 남아男兒의 과거過去길로 이 가슴을 애태운 때도 있었으

---

42 만주에 있는 지명.

43 하늘에 제사를 올리는 의식을 행하기 위하여 설치한 제단.

며 많은 정신적 고통을 준 때도 있었다.

연然이나 조금씩 우리의 가정형편家庭形便이 나아가는 이때에 말 못할 명命, '어머님' 생명生命 음력 10월 23일 저녁노을과 함께 영원永遠히 떠오르는 '어머님' 얼굴, 사랑에 넘치던 '어머님' 말씀 저 세상世上 밝은 신神의 창窓 안에 영복永福에 잠기시었다.

하느님도 무심無心하기도 하다.

마치 딸 하나 미숙未熟한 아들, 남매男妹를 두고 조금도 따뜻한 시중 한 번도 못 받으신 '어머니' 영화 안락을 보지 못하신 외로웠던 '어머니' 마지막 불효자不孝子의 얼굴 보지 못하고 나 또한 흰 관념觀念[44] 떠오르는 영원永遠한 '어머님' 얼굴 보지 못하고….

하늘이 높다 해도 3, 4경更에 이슬을 내려주고 북향北向길 멀다 해도 사신使臣이 왕래往來하나 황천黃泉길 얼마나 멀기에 한번 가시면 못 오시나!!

지금은 오직 홀로 계시는 아버지 누구에게 뜻 붙이시고 남은 평생平

---

44 ①생각 ②눈을 감고 마음을 가라앉히고 깊이 생각하는 일. 관찰觀察 사념함의 뜻.

生을 살아 보실까? 붓을 옮기는 이 순간 하염없는 눈물, 뜨거운 눈물이 흘러 이 자者의 가슴을 애태우는 것이다.

오! 하느님이시여! 우리 삶의 길을 개척開拓하여 주소서.
정처 없이 가는 이 자者의 길, 정의正義의 길로 밝혀 주소서….
인생행로人生行路는 무상無常의 길….

인내忍耐
"견이사의 견급원명見利思義 見急援命"
(이로운 것을 보거든 정의正義를 생각하고 위태로운 것을 보거든 목숨을 주라)
대한국인大韓國人 안중근安重根, 경술삼월庚戌三月 여순옥중旅順獄中

아버지의 일기 23

1951년(檀紀 四二八四年) 1월 31일(一月三十一日) 수(水) 맑음

오늘로써 1월도 마지막 날인 동시同時에 방학放學한 지도 막 한 달이 저물어 가는 저녁노을이다.

이 동안 나는 지난 일을 한번 생각하여 볼 때 아무 뚜렷한 일 하나도 한 것 없이 무엇을 하였는가? 하는 생각이 났다.

또다시 오지 못할 귀중한 1개월個月을 무심無心코 허송하였다.

앞으로 남은 10일을 좀 더 유효有效하게 보낼 예정豫定으로 다시금 덮었던 서적書籍을 펴보았다.

'밤이다.' 김창원 군이 오라 하기에 가보았다.

거기서 맛좋은 음식飮食을 주기에 많이 먹었다.

생각하였다!!

인생人生이란 꿈과 아울러 빠르고도 빠르다.

특히 자라나는 소년少年들은….

반성反省

나는 아직도 의지意志가 약하다.

한번 결심決心한 것은 어디까지든지 한번 이겨내야 할 꿋꿋한 의지意志를 가져야 할 남아男兒의 행실行實이 아닐까?

애기애타愛己愛他(자기를 먼저 사랑하고 남을 사랑하라).

아버지의 일기 24

1951년(檀紀 四二八四年) 2월 1일(二月一日) 목(木) 맑음

오늘이 아버지의 생신生辰날이었던 것이다.

아침 조반 시朝飯時에 아버지의 말씀에 비로소 알게 되었다.

나는 마음속으로 "앗!" 하였다.

전연全然 오늘이라는 것은 연然이나 어쩔 수 없어 오후午後에서야 '술'과 두부를 사다 드리었다.

도저히 이것은 자식子息의 도리道理가 아니었다.

아버지의 마음이야 오죽 서운하였으랴!! "용서하소서 아버지이시여!" 못난 이 자者를….

앞으로는 어떠한 일이 있다 하더라도 음력 12월 24일 이날은 잊지 않겠다고 마음속 깊게 결심決心하다.

12시경時頃에 자동차自動車 1대臺가 들어오다.

본즉 쌀을 팔로[45] 왔는가 싶다.

---

45 팔로 왔다는 상주사투리로 사러 왔다는 표현이다. 사다의 반어적 표현으로 표준어로는 어감이 맞지 않지만 생활언어로 사용되어 왔다. 사다와 팔다의 구분이 잘 안되지만 상황에 따라서 구분한다.

쌀 한 말 6천환, 오늘은 함창咸昌 장날이다.

농촌農村사람들이 '설'의 준비에 바쁜 듯이 모두 다 쌀과 곡식을 짊어
지고 가는 것이었다.

벌써 해님은 서산西山에 지고 석반夕飯이었다.

이때에 또한 함창咸昌 어린 사촌四寸동생이 별안간 뜨거운 물에 디였
다는 것이다.

아버지께서는 걱정에 저녁을 자시지 않다.

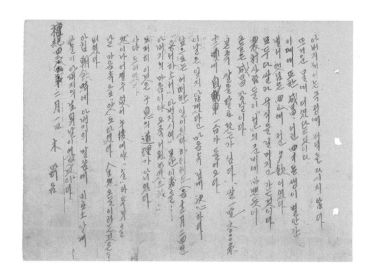

아버지의 일기 25

1951년(檀紀 四二八四年) 2월 2일(二月二日) 금(金) 맑음

아침 일찍이 함창咸昌 4세歲 동생 아픈 데 가보려고 집을 나섰다.

날씨는 따뜻하여 길 걷기에 좋은 날씨다.

가는 도중道中! 경관警官들께서 입초立哨를 서서 '도민증道民證'* 조사調査를 하는 것이었다.

여기서 조금 걸어가는 중, 또 경관警官 한 분이 조사를 세찰細察히 하는 것이다.

여기서 모든 소지품所持品을 모조리 내놓아라 하기에 놓는 중, 돈 2천5백환도 같이 내놓았다.

이 순간 뒤로 돌아서라 하더니 일금 천환을 황급히 포켓에 넣더니 몸조심을 하는 것이다.

그리하여 천환을 도로 찾고서 불쌍하고 어리석은 사람이라 생각하였다.

적어도 모든 치안治安과 백성을 안심安心게 하는 Intelligentsia[46]의

---

46 지식계급, 인텔리, 지식인

지위에 있는 사람이 그렇게 한다면 이 속계俗界에 있는 사람이야 말하여 무엇하리! 다만 이것은 이러한 시국時局이 만들었다고 볼 수밖에 없을 것이 아닌가! 숙모님께 가본즉 어린 동생 춘자春子는 얼굴을 디여서 울고 있었다.

아무리 생각하여도 고운 어린아이의 얼굴을 배리지 않을까? 염려되었다. 연然이나 어찌할 수 없어 중식을 먹고 나섰다.

길거리에는 '피란민'들이 온 도로道路를 차지하여 하루 삼식三食을 얻으려고 음식을 가지고 팔고 있다.

또한 군품軍品을 실은 자동차自動車도 끊임없이 '흰' 먼지를 내면서 쉬지 않고 연달아 달리고 있다.

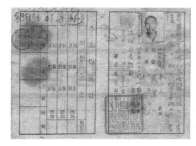

*도민증: 할아버지 이상규李相規, 1899년 1월 13일생, 1954.11.15(56세)

아버지의 일기 26

1951년(檀紀 四二八四年) 2월 3일(二月三日) 토(土) 맑음

앞 학교學校에는 젊은 청년들이 많이 모여서 훈련연습을 하고 있다.
생물生物 숙제를 한 뒤 이발理髮을 하였다.(3백환)
오후午後에 삼촌三寸이 오시고 또한 피란민 남男 2인, 여女 1인이 우리
집 아랫방에 유숙留宿하다.

귀또리 귀또리 어여쁘다 저 귀또리
어인 귀또리 지는 달 새는 밤에 긴 소래 저른 소래
절절히 슬흔 소래 제 혼자 울어 내여
사창 여흰 잠을 살뜰히도 깨오는 제고
두어라 제 비록 미물이나
무인 동방에 내 뜻 알 리는 저뿐인가 하노라[47]

인지위덕忍之爲德*

---

47 〈현대어 풀이〉
    귀뚜라미, 저 귀뚜라미, 불쌍하다. 저 귀뚜라미 어찌된 귀뚜라미가 지는 달 새는 밤에 긴 소리 짧은
    소리 마디마디 슬픈 소리로 저 혼자 울며 다니어 비단 창문(나의 침실) 옅은 잠을 잘도 깨우는구나. 두
    어라 제 비록 미물이지만 임 없이 지내는 텅 빈 방에서 나의 뜻을 아는 이는 너뿐인가 하노라

〈엮은 이 註〉

* 忍之爲德 (인지위덕)

　우리 속담에 참을 인자 셋이면 살인도 면한다는 말이 있습니다.

　그와 연관된 민담 한 토막을 소개해 보기로 하겠습니다.

　옛날 한 총각이 나이 30이 되도록 장가를 못 가고 있었는데 어떻게 해서 한 노처녀를 만나 그 처녀하고 결혼하게 되었습니다.

　이 노처녀가 시집이라고 와보니 집이라고 가난하기 짝이 없어서 발막대기 거칠 것도 없었습니다.

　그리고 서방이라는 것이 기운이 세서 일은 곧잘 하지만 이렇게 가난하게 살아서야 쓰겠나 생각한 색시는 남편을 공부시켜 어거든 과거에 급제를 시켜 입신양명을 시키겠다고 마음먹었습니다.

　그리고는 "집안 살림은 내가 맡을 테니 당신은 공부나 하시오." 하고는 서당에 보냈습니다.

　그런데 이 서당에 다니면서, 하늘 천 따지를 배우는데, 한 자를 더 가르치면 앞에 배웠던 글자는 잊어버리는 것이었습니다.

　훈장은 할 수 없이 일평생 사는데 꼭 필요한 글자만 가르쳐 주어야겠다 생각하고 인지위덕忍之爲德 "참는 것이 덕이다."라는 뜻의 네 글자만 가르치기로 했습니다.

그런데 머리가 어찌나 둔한지 참을 인, 갈 지, 하 위, 큰 덕 하고 한 자 한 자 가르치는데 그만 한 자에 석 달씩 걸려서 1년이 걸렸습니다.

그리고 인지위덕으로 붙여서 가르치고 뜻을 알게 가르치는 데도 1년이 걸렸습니다.

그래서 인지위덕이라는 것을 2년 걸려 배운 셈이죠. 다 배우고 나니까 훈장은 다 배웠으니 그만 집으로 가라고 했습니다.

서당에서 글을 다 배웠다고 돌아온 사내가 배웠다는 것이 겨우 인지위덕 넉 자였으니 아내는 그만 기가 막혔습니다.

이것 가지고는 과거는커녕 아무것도 하지 못하겠기에 아내는 더 공부하라 하지 않고 돈이나 벌게 장사나 하라고 돈 몇백 냥을 내주면서 돈이나 벌어 오라고 했습니다.

그래, 남편은 돈 벌러 간다고 나가서 장사를 하는데 그 둔한 머리에 장사가 되겠습니까? 돈을 벌기는커녕 밑천까지 다 까먹고 집으로 돌아왔습니다.

돌아왔는데, 나 돌아왔소 하는데도 반가이 맞을 줄 알았던 아내가 나오지를 않는 것입니다.

그래 그때는 여름날이라 방문이 활짝 열려 있길래 방안을 들여다보니 이럴 수가 있습니까? 아내가 웬 사내를 끼고 있는 것이었습니다.

이 광경을 본 남편은 그만 벌컥 화가 나서 속으로 소리를 쳤습니다.

"이것이 내게 돈을 주어 내보내더니 딴 사내를 끌어들여? 에라! 연놈을 죽이

고야 말겠다."

그리고는 마루에 있는 큰 다듬잇돌을 번쩍 들어 방으로 들어가서 박살을 내려는 그 순간이었습니다. 그의 뇌리에 서당에서 배운 인지위덕이라는 말이 반짝 떠오르는 것이었습니다. '인지위덕, 인지위덕 참는 것이 덕이 된다고 했지?' 그는 들었던 디딤돌을 내려놓았습니다.

그리고 참아야지 참아야지 하고 화를 삭이고 있는데 아내가 인기척을 느끼고 낮잠에서 깨어났습니다. 그리고 이제 오셨소 하고 반갑게 맞이하는 것이 아니겠습니까? 그리고는 옆에 자는 사람을 깨우며 말했습니다.

"얘야, 어서 일어나라 형부 오셨다." 그러자 옆에 누워 있던 사람이 일어나는데 그는 남자가 아니라 처제가 아니었겠습니까? 처제가 모처럼 찾아와서 하도 더우니까 머리를 감고 풀 상투처럼 올리고 쉬느라고 잤는데 얼른 보기에 남자가 자는 것 같이 보였던 것입니다.

그러니 인지위덕이라는 글을 몰랐더라면 두 목숨을 잃을 뻔한 것이지요. 글은 배우고 볼 일이라고나 할까요? 참을 인자 셋이면 살인도 면한다고 어떠한 경우에도 참고 볼 일인 것 같습니다.

아버지의 일기 27

1951년(檀紀 四二八四年) 2월 4일(二月四日) 일(日) 맑음

날은 맑게 개이어 기러기 네 마리 쌍지어[48] 날아간다.(넓은 하늘에 자
유自由를 얻어서…)

요사이 전과戰果의 News, 매우 호전好戰으로 진격 중進擊中이라 오늘
도 어린아이들의 떠드는 소리에 독서도 못 하여 기계방아 찧는 데 가
서 견見하다.

또한 디딜방아[49]에도 떡방아를 찧기에 서로들 바쁜 걸음으로 동네
사람은 '설' 준비를 하다.

연然이나 우리 집에는 잠자코 '설'이 다가온다 하나 그리 준비도 하지
않다.(어머님께서 살아 계시었다면 우리도 기쁨에 넘쳐 떡방아를 찧을 것이련만…)

반중 조홍감이 고아도 보이나다

유자 아니라도 품엄즉도 하다마는

---

48 짝지어

49 발로 디디어 곡식을 찧거나 빻게 된 방아. 굵은 나무 한 끝에 공이를 박고 다른 끝을 두 갈래가
　　나게 하여 발로 디딜 수 있도록 만들었으며 공이 아래에 방아확을 파 놓았다.

품어가 반길 없을 새 글로 설워 하나이다.[50]

- 박인로

50   〈조홍시가早紅柿歌〉
소반에 놓인 붉은 감이 곱게도 보이는구나.
비록 유자가 아니라도 품어 길 마음이 있지마는
품어 가도 반가워해 주실 부모님이 안 계시니 그를 서러워합니다.

지은이가 이덕형의 집에 찾아갔을 때 홍시紅柿 대접을 받고, 돌아가신 부모님을 생각하며 부른 노
래이다. 즉, 부모님이 돌아가셔서 효도를 하려 해도 할 수 없는 안타까운 마음을 표현한, 풍수지
탄風樹之嘆의 한 예가 되는 작품이다.

아버지의 일기 28

1951년(檀紀 四二八四年) 2월 5일(二月五日) 月(月) 맑음

오늘은 음력 12월 29일, 그야말로 경인년도 막가는 섣달 그믐날이다.

집집마다 내일 '설' 준비에 온갖 맛좋은 음식을 장만하기에 아침부터 동네사람들은 바쁜 걸음으로 일하고 있다.

오늘로써 벌써 20세歲라는 풍난風難의 고개로 들어가지 않으면 안될 19세歲라는 years를 넘었던 것이었다.

아! 참으로 부끄럽고 슬픈 날이다.

19년 동안 내가 무엇을 이루었나? 한심도 하다.

다만 부모父母님의 어리광 속에서 19년을 보냈던 것이다.

지금과 어릴 때의 일을 한번 생각할 때 아주 180°로 확 틀리다.

왜냐하면? 어릴 때는 그래도 '설'이라 하면 며칠이나 남았냐? 하며 조그마한 손을 꼽아 기다렸건만! 지금은 오히려 '설'이라는 한 자를 원망하는 기분氣分이 일어난다.

어릴 때는 오늘밤 잠을 가리지 않고 동무들과 같이 밤을 새워 가며 놀았으나 오늘은 곧 꿈나라로 들어갔다.

아버지의 일기 29

1951년(檀紀 四二八四年) 2월 6일(二月六日) 화(火) 맑음

먼 촌락에서 은은히[51] 들리어 오는 첫 닭소리와 함께 신묘년辛卯年의 새해를 맞이하였다.

어둡던 사방四方은 환히 밝아 올해 조국통일과 무사無事함을 알리는 듯한 밝은 아침이다.

곧 '어머니' 묘지墓地에 가 섰다.

그러나 그립던 '어머니' 불러 봐도, 울어 봐도 누구 하나 대답對答없는 이 산천山川에 다만 지, 누런 '어머니' 무덤만이 이 가슴을 애태우는 것이다.

여기서 돌아온 후, 집안의 어르신들과 제사를 지내고 양정楊亭 할아버지에게 세배歲拜하러 갔었다.

거기에 가도 역시 반가움 기쁨 조금도 없이 오늘이 나에게는 오히려 원망스러운 '설' 참으로 서러운 '설'이나.

'어머니'가 살아계셨다면 조금이라도 기쁨이 있을 것이다.

---

51 소리가 아득하여 들릴 듯 말 듯하게.

오후午後에는 동네 노인老人들에게 세배를 하고 밤에는 창원 댁에서 밤 늦게까지 놀다.

　신묘년辛卯年의 첫걸음이다. 싸우자 희망봉希望峯으로!

아버지의 일기 30

1951년(檀紀 四二八四年) 2월 7일(二月七日) 수(水) 맑음

이제 방학放學도 10일간뿐이다.

이 동안 나는 한 것이 무엇이냐 아무것도 없다.

이제 와 생각하니 모든 것이 후회막심後悔莫甚하다.

방학放學 동안 공부하려고 프로그램을 세워놓았으나 전란戰亂의 소란, 이것으로 말미암아 향학심向學心에 불타는 학도學徒들은 많은 장해障害가 되었을 것이다.

올해는 모두들 '설'을 무사無事히 지났으나 그리 기쁘게 노는 모습이 작년昨年보다 아주 딴판이다.

오늘은 편지 한 장을 쓰다.

밤에는 청년들의 노는 장소에서 밤늦게까지 놀았다.

도화는 무삼 일로 홍장을 지어내서

동풍 세우에 눈물을 머금는고

삼춘三春⁵²이 쉬우냥⁵³하여 그를 설워하노라⁵⁴

- 안민영⁵⁵

---

52 ① 음력으로 봄의 삼개월.(즉 맹춘孟春·중춘仲春·계춘季春을 말함)
    ② 음력 삼월. 삼춘지절三春之季
    ③ 세 번의 봄. 3년을 비유함.

53 쉬우냥→ 쉬운 양 → 쉬운 듯하여 →시샘한 듯하여

54 복사꽃은 무슨 까닭으로 붉은 단장을 하고서 봄바람에 나부끼는 이슬비 속에서 눈물을 머금고
    있는고. 석 달 동안의 봄이 아쉬워 그것을 슬퍼하노라.
    사람들은 봄꽃이 무상하게 피고 지는 것을 보고 춘광春光의 덧없음을 아쉬워하곤 한다 하여 "꽃
    이 어제 밤비에 피었는데, 오늘 아침 바람에 진다." 화개작야우花開昨夜雨, 화락금조풍花落今朝風이라
    하였다.

55 조선의 가객歌客. 도화가桃花歌를 지어 속절 없이 가는 봄을 애석해했다.

● 아버지의 일기

아버지의 일기 31

1951년(檀紀 四二八四年) 2월 8일(二月八日) 목(木) 맑음 뒤, 대설(大雪)

아침에 눈을 뜨니 전투기 4기(機)가 낮게 떠서 쏜살같이 달리고 있다.

마을 사람들은 또다시 전과(戰果)가 불리(不利)하지 않나 하며 염려하고 있다.

또한, 오늘은 유달리 비행기 더 낮게 떠서 우리 '고장'을 돌고 있었다.

중식을 먹은 후, 학교(學校)로 가서 '뿔'을 찼다.

그리고 동네 이종학(李鍾學) 형 모친(母親)의 회갑일(回甲日)이다.

마을노인(老人) 할머니들이 가서 기쁘게 이야기를 하며 하루 해를 보내는 것이었다.

나는 슬펐다.

돌아가신 '어머니' 생각이 우러나왔다.

나의 '어머니'도 살아 계셨다면 마을 할머니들과 같이 오늘을 즐겁게 놀지 않나 하는 생각이 나서, 별안간 남모르는 눈물이 폭포수 같이 흘러 어둠침침한 옆방에서 울고 울었다.

눈 내리는 밤이다.

양정楊亭 아저씨가 오시어 우리 집안 생활형편生活形便을 이야기 또한 상의相議하였다. 그러나 삼촌 숙부三寸淑父께서는 도리어 노怒하시어 그냥 밖으로 휙 나갔다.

　　기막힘과 곤란에 쌓인 우리 가산家産.

아버지의 일기 32

  아침에 일어나 앞 문門을 열고 본즉, 백꽃 같은 함박눈이 온 산천山
川을 은색銀色으로 변變하였다.

  뒷산 소나무에는 흰 눈을 이고 가지마다 눈을 못 이기는 듯이 축
늘어져 있다.

  조반朝飯을 먹고 작은아버지와 함께 눈을 치웠다.

  그리고는 또 눈사람을 만들고 참새 덫을 놓았다.

  오후午後에는 종학 댁에 가서 여러 청년들과 같이 놀았다.

  석반夕飯을 먹고 회미한 호롱불 아래, 해님의 빛을 받아 빛나는 달
님보다 백百 가지 빛을 뽑는 호롱불.

아버지의 일기 33

1951년(檀紀 四二八四年) 2월 10일(二月十日) 토(土) 맑음

아침이다.

원근遠近의 산천山川에는 흰 눈이 덮어 사람으로 하여금 추움을 한층 더 나타내고 있다.

하늘은 맑게 개이어 무심無心한 구름은 바람에 여비 얻어 어디론지 지향志向 없이 떠서 흘러다니고 있다.

나는 앞 학교學校로 가서 선생님들과 도란프[56]로 땅콩내기를 하였다.

여기서 2등等이 되어 금 2백환을 쓰다.

이제 오늘로써 그 길고도 짧은 방학放學도 끝마치는 날이다.

생각할수록 40일 동안 무엇을 하였나? 후회막심後悔莫甚하다.

오후午後에는 중식을 먹고 뒷산에 올라서 사방四方의 눈 덮인 광경光景을 보았다.

벌써 양陽달 쪽에는 눈이 다 녹아, 본 자태本自態의 산천초목山川草木을 나타내고 있다.

---

56 카드놀이

3시경에 외서外西 계시는 누님이 오시다.

연然이나 오시는 누님이나, 맞이하는 내 자신自身이나 기쁜 마음은 별別로 없는 것이다.

아버지의 일기 34

1951년(檀紀 四二八四年) 2월 11일(二月十一日) 일(日) 맑음

날은 창명하여 눈에 햇빛이 비춰어 한층 더 밝게 보이다.

방학放學은 어제로써 끝나고 내일부터 개학일開學日이다.

아침을 먹고 공검면민恭儉面民들에게 예방주사豫防注射를 놓는다는 것이다.

나는 곧 고高 선생님과 함께 면面으로 갔다.

가서 본즉 벌써 사람들은 수십 명數十名에 달할 만치 모여 서로들 먼저 마치려고 어린아이를 업고 아우성을 치는 것이다.

여기서 나는 아직도 우리나라 백성百姓들은 질서秩序 있는 일을 하려면, 저 문명文明 세계世界 여러 국민國民에게 수십 척數十尺 떨어졌다는 것을 확실히 알았다.

그리하여 나는 일찍이 마치어 곧 집으로 왔다.

밤이다.

앞집 권영연 댁에서 조趙 선생, 이 소위李少尉, 명원, 태식이 모여서 6인이 도란프로 엿내기를 하여 곧 밤 3시까지 놀다.

아버지의 일기 35

1951년(檀紀 四二八四年) 2월 12일(二月十二日) 월(月) 흐림

오늘은 시학일始學日이다.

나는 새벽 고모님의 깨우는 소리에 일어나다.

곧 아침밥을 먹고 나섰다.

날씨는 차다.

나서 본즉 아직 아무도 가는 모습이 보이지 않아 김창원 댁에 가서 창원 군과 같이 나섰다.

사방四方은 눈에 덮어 온갖 산천초목山川草木은 그 자랑하던 모든 모습이 일시一時에 은색銀色으로 변變하여 그 단순하고 깨끗함을 나타내다.

다만 뜸뜸이[57] 행인行人이 걸어서 좁은 길가만이 보일 뿐이다.

9시경時頃에 상주공민학교尙州公民學校에 집합集合하여 거기에서 오랫동안 뵙지 못한 선생님들과 친구들을 기쁨으로 만나다.

여기서 교장校長 선생님의 훈화訓話 말씀과 방학 2주일放學二週日 연기함과 새로이 선생님 한 분이 우리 학교學校로 오셨다는 것에 대對하여

---

57 가끔.

이야기하시다.

　또한 등록표 한 장을 얻어 곧 해산하여 나는 창원과 함께 서점에
들러 신귀운申貴雲 댁에 다녀와 줄곧 집으로 향向하여 오다.

　군품軍品을 실은 자동차自動車는 쉴 사이 없이….

아버지의 일기 36

1951년(檀紀 四二八四年) 2월 13일(二月十三日) 화(火) 맑은 뒤 흐림

어제 길 40리里[58]를 다녀와서 쇠약한 나의 몸이 매우 피곤하였는지 아침 늦게서야 일어나다.

오늘은 방학數學 숙제를 하여 보려고 학습장學習帳을 펴보았으나 도저히 나의 실력實力으로서는 풀 수가 없어, 그만 다음 기회機會로 미루기로 하고 옛 시조집時調集을 독서하다.

그리고 또한 은척면銀尺面에 계시는 매씨 앞으로妹氏前 편지便紙 한 장을 쓰다.(인편으로!)

오후午後에는 창원 군과 병룡 군이 찾아오다.

밤에는 공검학교恭儉學校에 새로 '부임赴任'하신 유 교장柳校長[59] 선생님이 오늘 저녁 유치한 저의 아랫방에 주무시었다.

나는 아랫집 자부子婦 즉, 팔원八源의 모친이 지난간 여름에 아들 하나 잃어버린 것이 지금에 와서 다시금 너무나 심중이 생긱되어 또한,

---

58 상주로 가는 길은 구마이에서 양정 무지미를 지나서 서당골(의서 개곡리)로 와서 남적을 거쳐서 부원, 만산까지 8km(20리), 왕복 16km(40리)로 4시간 정도는 걸어가야 되는 거리다.

59 유승준 교장 선생님은 내가 초등학교 다닐 때에도 교장 선생님으로 재직하였다.

가산 불안家産不安의 모든 고심苦心 끝에 좀 정신 이상에 걸린 사람같이 보이어 오늘 저녁에는 비선[60]을 하는 것이다.

거기서 나는 처음으로 많은 경험經驗을 얻었다.

---

60 무당굿.

아버지의 일기 37

1951년(檀紀 四二八四年) 2월 14일(二月十四日) **수**(水) **흐림**

요사이 비행기 소리에 나도 모르게 잠이 깨어 밖을 나가 본즉, 국사봉國寺峯의 산마루를 눈 깜박 하는 동안 자취를 감추고 소리를 낼 뿐이다.

하늘은 검은 구름이 끼어 갑갑한 기분氣分을 알리고 있다.

누님은 어제 양정楊亭 할아버지 댁에 가시어 주무시고 아침 일찍 오시었다.

12시경에 은척銀尺에 계시는 매씨妹氏께서 오시다

나는 소정 면약眠藥[61] 찾으러 갔다.

요사이 쓸데없이 친구들과 여러 가지 음식물飮食物 내기에 같이 어울리어 금 1천3백환을 썼다.

그리하여 어쩔 수 없어 참으로 부모父母님의 피땀으로 지은 곡식을 도저히 자식子息으로서는 할 수 없는 불효막대不孝莫大한 일을 히다.

이 자者가 생후生後 처음으로 쌀 5두斗를 아버지 모르게 바치다. (용

61　잠자는 약.

서하소서…)

   호주기, 전투기, 수송기 낮게 떠서 가다.

아버지의 일기 38

1951년(檀紀 四二八四年) 2월 15일(二月十五日) 목(木) 흐림

날은 흐리다.

아침을 먹고 앞 학교學校로 갔다.

거기에는 민병렬閔炳烈[62] 선생님, 정鄭 선생님이 계시다.

여기서 나와 오리실 우리 쇠망치 찾으러 가다.

사람이란! 남의 물건物件을 얻어 쓸 때 꼭 필요할 적에는 아주 달게 쓰고 그 후로는 그야말로 무관심無觀心한 것이 아닐까? 10시경에 면소面所에서 제除등록증 조사가 있다 하여 곧 내려갔다.

거기에는 벌써 많은 사람들이 모여서 검사를 받는 모양이었다.

여기서 영직, 신우, 정웅, 도경, 정렬, 정팔 여러 친우親友들을 만난 후, 김충평金忠平 선생님을 만나다.

내실內室에는 면장面長, 지서장支署長 병사계원들께서 모든 조사를 하시다.

모든 것에 침착한 태도態度로 언행言行을 해야 한다.

---

62 예주리, 아버지 초등학교 6학년때 담임을 하였고 공검초등학교 교장으로 재직하였다.

상중尚中[63] 우리 Class mate인 학경을 만나다.

63   상주중학교.

아버지의 일기 39

1951년(檀紀 四二八四年) 2월 16일(二月十六日) 금(金) 흐림

어젯밤에는 김창원 아랫방에서 혼자 잤다.

방은 매우 춥다.

연然이나 일선一線 장병님께 비比하면….

기적汽笛 소리 듣다.

쓰는 순간 막 눈을 뜨자 벼락 치는 소리가 나다.

나가 본즉 보잉기[64] 오다.

낮게 떠서 쏜살같이 점촌店村으로 머리를 돌리고 있다.

방위본부防衛本部에 가서 '잉크 물' 찾아오다.

오늘도 마음 잡지 못하여 이리저리 다니다.

하도 심심하여 영연 집에 들러 윗마을로 가다.

거기에는 벌써부터 어린아이들이 모여서 화투를 하고 있다.

나도 거기서 같이 놀다.

화투라는 것은 도저히 진정한 정다운 친구로서는 할 것이 아니라

---

64 비행기.

는 것을 절실히 느끼다.

느끼면서! 사람이란 것은 이상하다.

나쁜 것이다 하면 안 된다 하는 것을 뻔히 알면서 하는 것은! 반드시 인간人間의 본능本能인가 할 것이다.

이것을 물리치고 참고 모든 역경逆境을 물리치는 자者가 성공成功을 할 것이다.

아버지의 일기 40

1951년(檀紀 四二八四年) 2월 17일(二月十七日) 토(土) 맑음

아침 일찍이 '못가' 담배 사러 가다.

가는 도중途中 이신우를 만나다.

만나서 하는 말이 오늘 오후午後에 이상묵李相黙의 할아버지 회갑回
甲에 놀러오라 하므로, 우리 친우 일동親友一同 같이 가자 하기에 나는
곧 담배를 사가지고 오다.

못가에서! 어느 한 집에 낯 모르는 어느 늙은 노인 내외老人內外로 보
이는 사람들이 보인다.

추운 마당에서 오늘도 하루의 끼니를 얻으려고 솥을 때우고 있었
다. (아내는 풍로를 부치며…)

나로서 볼 때, 그들에게도 우리 조국祖國이 평화平和롭다면 그래도
좀 더 나은 생활生活을 하지 않았을까? 하는 생각이 나다.

중식을 먹고 아버지에게 금 천환을 얻어 나섰다.

나는 조그마한 생각으로 우리 형편形便이 나로서는 그러한 경사로
운 회갑回甲에 풍부한 친우親友들과 같이 동행同行한다는 것은 좀 남
보기에…

김도경金道經 집에 모두 모여서 출발하게 되었다.

연然이나 좀 섭섭한 것은 김삼경, 이종진은 몸이 편치 않아서 같이 못 가는 것이 나는 매우 '섭'하였다.

막 해 떨어지자마자 상묵의 집에 도착하였다.

많은 손님들이 모여서 오늘 할아버지의 경사로운 회갑일回甲日을 한층 더 기쁘게 하여 주는 것이다.

우리는 할아버지에게 일동一同 모두 인사人事를 하고 미리부터 준비하여 갔던 명경(明鏡, 1만7천환),[65] 명태(3천환)를 선사膳賜하였다.

밤이다.

많은 풍부한 음식飮食을 준비하여 가져왔다.

모두들 웃음 띤 얼굴로 이 밤을 화락和樂하게 보내기로 서로들 술과 음식을 권하였다.

밤은 깊어 손님들도 이제야 대략大略 가시고 반공半空[66]에는 밝은 달이 높이 떠서, 우리들로 하여금 마음대로 노래와 술과 음식飮食을 먹

---

65 거울.

66 땅으로부터 그리 높지 아니한 허공.

도록 하였다.

이 좌석 중, 우리들과 마을 청년들과의 큰 충돌이 일어났다.(다만 서

로 오해誤解 관계로 마을 어른들에게 대對할 면목이 없었다.)

곧 처소處所로 옮기어 자게 되었다.

아침이다.

동산東山에 붉은 햇빛 줄기와 함께….

아버지의 일기 41

1951년(檀紀 四二八四年) 2월 18일(二月十八日) 일(日) 흐림(눈)

앞 냇가로 가서 세수를 하고 아침을 먹었다.

그리고 또 술을 먹었다.

연달아 술과 음식을 먹어 붉은 얼굴이 되었다.

그리하여 이완희李琬熙[67] 집에서 한숨 자고 곧 할아버지, 할머니에게

인사人事를 마치고 집으로 돌아왔다.

---

67 중소 1리, 공검초등학교에 재직하면서 건강이 안 좋아서 1986년도에 우리 집에서 사모님과 같이
요양을 하였다.

아버지의 일기 42

1951년(檀紀 四二八四年) 2월 19일(二月十九日) 월(月) 흐림

오늘도 면민 전체面民全體에게 공검학교恭儉學校에서 예방주사豫防注射를 놓았다.

아침 일찍부터 그저 사람들이 노인, 젊은이, 새빨간 아이들이 모여들었다.

어제 눈이 와서 운동장과 길가가 온통 질어서 사람들로 하여금 마음대로 걷기에 매우 불편不便스러웠다.

그 많은 사람들이 한데 모여 자기自己가 먼저 마치기 위하여 아우성치는 것이다.

이맹회李孟熙 또 2인 와서 놀다.

우리는 놀다가 늦게 가서 맞다.

그리고 곧 마치어 우리 친우親友 10인은 양정楊亭 권영직 집에 가서 중식을 먹고 다른 동무들은 '토정비결土亭秘訣[68]을 보다.

내일은 정월正月 대大보름 날이다.

---

68 조선 선조宣祖 때의 학자 토정土亭 이지함의 도참서圖讖書.

아버지의 일기 43

1951년(檀紀 四二八四年) 2월 20일(二月二十日) 화(火) 흐림

  오늘은 정월正月 대보름이다.

  집집마다 새벽 등불을 켜서 '찰밥'을 하기에 부인婦人네들은 분주한 것이다.

  나는 권영연 집에서 자고 곧 집으로 오다.

  쓸쓸한 기분氣分 참으로 돌아가신 '어머님'의 하시던 말씀이 지금에서야 비로소 뼈아프게 느끼게 되었다.

  아직도 우리 집에는 부엌에 불 하나 없고, 조금도 보름이란 기색氣色은 어느 한구석에도 찾으려야 찾을 수 없을 만큼 나는 불쾌不快한 마음 금禁하지 못하였다.

  물론勿論, 아버지 역시 그러한 마음 금할 수 없을 것이다.

  나는 그윽이 작년昨年의 대보름날을 생각하여 보았다.

  작년昨年에는 '어머니'가 지어주신 맛있는 찰밥으로 기쁨의 보름날을 맞이하였건만, 오늘은 이다지도 나의 마음을 구슬프고 슬프게 하여주는 것인가?

  석양夕陽이다.

이쪽 저쪽 산마루에는 달맞이 하려고 횃불을 켜들고 초조한 마음으로 남녀노소男女老少를 막론莫論하고 달뜨기를 기다리고 있다.

이윽고 달은 구름에 싸여 그저 불그레한 모습만 나타내고 있다.

서산西山에는 전前보다 유달리 붉은 노을이 되어있다.

아버지의 일기 44

1951년(檀紀 四二八四年) 2월 21일(二月二十一日) 수(水) 흐림

어젯밤인 중 알았던 것이 벌써 아침 조반朝飯이다.

참 빠르다.

참으로 꿈이다.

매일 유다른 일 하는 것 없이 하루하루를 그저 먹고 자고 무정無情한 세월歲月, 낙樂 없는 세상世上, 앞으로 독서讀書로써 모든 비애悲哀를 없애려고 온갖 수단으로 하여 보았으나 가정환경家庭環境이 도저히 독서할 동기動機를 주지 않는다.

예주 할머니 한 분 오시어 우리 집 면綿을 꼬치로 말아 주시다.

아마 아버지께서는 솜을 타래[69]로 주었던 것이었다.

오늘도 심심하여 방위본부防衛本部, 학교學校로 돌아다니다.

게으른 생각에 나는 좀 더 독서할 만한 서재書齋가 있다면, 주야晝夜를 가리지 않고 공부하여 보겠다는 마음이 하루 몇 번씩 우러나오는지 모르겠다.

두어라. 이것도 한갓 나의 일생一生에 많은 자극刺戟을 줄 것이다.

---

69 솜덩어리.

아버지의 일기 45

1951년(檀紀 四二八四年) 2월 22일(二月二十二日) 목(木) 흐림

　고모님의 깨우는 소리에 일어나 본즉, 사시四時[70]를 가리지 않고 외로이 서있는 국사봉國寺峯 소나무, 조금도 변變함 없는 푸른빛으로 이 속계俗界에 자랑하듯….

　오늘도 아이들의 떠드는 소리, 손님들의 떠드는 분주한 소리에 그만 밖으로 뛰어나가다.

　바로 박태식 집으로 가 '엿'치기 하여 2백환을 썼다.(내가 무엇 때문에 하였을까?)

　방으로 들어오다.

　그 위대하시고 훌륭하신 학자學者들께서 또한 선배들께서 자라나는 2세 국민二世國民을 위해 밤잠을 가리지 않고, 몇 해를 연구하여 미미微微한 이 자者에게도 주었건만 한심타!! 먼지 3적尺이나 쌓이고 한 이두운 방구석에 책상 없이 그저 꾹 처박혀 있다.

70　사계절.

누구 때문인가? 못난 나 때문이다.

내가 좀 더 부지런하게 하였다면 그렇지도 않을는지 모른다.

주인主人 못 만난 책도 가련하려니와 또한 알맞은 서재를 못 구求한 나 역시 원망하는 것이다.

이상異常타! 별세別世하신 '어머님'께서 밤마다 꿈에 보이다.

아버지의 일기 46

1951년(檀紀 四二八四年) 2월 23일(二月二十三日) **금**(金) **흐림**

어젯밤에 이병희 형 댁에서 자고 새벽 일찍이 왔다.

오늘은 조금 조용한 틈을 타서 공부하여 보려고 책을 폈다.

연然이나 마음잡지 못하여 조금 독서하다가 그만 밖으로 나갔다.

그리고 옆집 권영복權榮福 집에 '엿' 꼬느라고 분주한 곳에 가보았다.

참으로 이상異常하다.

그 쌀이 달고 맛좋은 '엿'으로 된다는 것은….

아랫방에는 오늘도 술꾼이 많이 오시어 떠들어대다.

고모님께서는 '점촌' 장에 가시다.

공산이 적막한데 슬피 우는 저 두견아

촉국 흥망이 어제 오늘 아니어든

지금에 피나게 울어 남의 애를 끊나니[71]

- 정충신

아버지의 일기 47

1951년(檀紀 四二八四年) 2월 24일(二月二十四日) 토(土) 흐림

추운 아침이다.

앞들 논에는 얼음이다.

세수를 한 후, 권영순權榮順에게 반지半紙[72] 5장을 꾸어 습자 숙제를 하다.

막 쓰는 즈음에 홍식洪植으로부터 상중尙中 선생님이 오셨다는 말에 곧 서적을 아랫방으로 옮기다.

나는 어느 선생님이 오셨나? 하고 초조한 마음으로 속速히 올라가 보았다.

본즉은 교감校監 선생님과 임林 선생님이었다. 나는 반가운 마음 금치 못하다.

또한 부끄러운 가정형편家廷形便으로….

연然이나 선생님들께서는 곧 출발出發하신다 하며 나섰다.

뒤이어 우리 집으로 안내案內 하였으나 들어오시지 않고 가시다. 섭

72　얇고 흰 종이.

섭하다. 나의 집이 좀 더 부귀富貴하다면이야….

　오후午後는 아랫집에서 황의석黃義碩 장병將兵을 만나다.

　과연 반가워 뛰어갔으나 권영연 형과 말다툼을 하는 것이다. 그러
나 좀 섭섭하였다.

　나는 반가워 맞이하는데 대對하여 냉담히 대對하는 감感이 들었다.

아버지의 일기 48

1951년(檀紀 四二八四年) 2월 25일(二月二十五日) **일**(日) **흐림**

오늘 역시 날은 흐리다.

2주일간週日刊 연기延期한 방학放學도 어느덧 풀잎에 서리 녹듯 눈 깜짝할 사이에 지나갔다.

나는 이 동안 한번 생각하여 보았다.

이 2주일週日 동안 참으로 유효有效한 생활生活 또한 모든 학과學科에 만단萬端[73]의 준비를 하여, 앞으로 다가오는 학기學期에 뒤지지 않은 성적成績을 하려고 결심決心하였다.

연然이나 대 환경大環境의 지배支配를 받지 않으면 안 될 인간人間인 만큼, 좀처럼 마음 잡지 못하여 귀중한 시간時間을 허송虛送하지 않았을까? 유달리 오늘은 전투기, 수송기 낮게 떠서 바쁘게 날아갔다가 돌아온다.

중식을 먹고 내일 가져갈 숙제를 찾아 정리整理하다.

그리고는 구장區長[74]을 찾아갔으나 만나지 못하다.

---

73 수없이 많은 갈래나 토막, 여러 가지.

74 이장里長.

달빛 한 줄기 없는 어두운 밤이다.

못난 이 자者는, '어머님' 보고 싶어 하염없이 떨어지는 눈물을 막을 수 없어 책상에 엎드려 한限없이 울며 붓을 놓다.

아버지의 일기 49

1951년(檀紀 四二八四年) 2월 26일(二月二十六日) 월(月) 흐림

달게 잠자던 나는 아버지의 깨움에 일어나 본즉 새벽이다.

고모님과 밥 짓는 아이[75]는 벌써 부엌에서 아침밥을 짓는 모양이다.

아침밥을 먹고 해 뜨기도 전前에 김창원 군과 출발出發하였다.

좀 산산한 날씨나 춥지는 않다.

가는 도중途中에 더워서 오버를 맡기고 갔다.

대로大路에 나선즉 전前과 같이 자동차自動車는 많이 다니지 않는다.

가다가 본즉, 상중교尙中校에는 마침 미군美軍이 보였다.

연然이나 학교學校는 추잡하고 파괴된 것은 이루 말할 수 없었다.

우리는 또다시 12일 집합소集合所였던 곳에 가서 선생님들과 친구들을 만나다.

피난避難 온 타교생他校生도 왔었다.

여기서 교장校長 선생님의 훈화訓話에 납부금納付金관계를 이야기하시고 내일부터 시학始學한다고 말씀하였다.

---

75 할머니 별세하시고 먼 친척 되는 불쌍하고 조금 부족한 여자아이를 데려다가 부엌일을 맡겼다고 한다. 어릴 적 우리 집에 찾아왔었다.

곧 해산解散하여 돌아오다.

오는 중에 배가 고파서 몇 번을 앉았다가 쉬며 왔는지….

그리고 병룡, 정필 우리 셋은 또다시 자취생활自炊生活을 하려고 의논하였다.

아버지의 일기 50

1951년(檀紀 四二八四年) 2월 27일(二月二十七日) **화**(火) **흐림**

고모님의 새벽밥 짓는 소리 들리다.

나는 지난 함중 재학 중咸中在學中, 통학 시通學時에 춥고 캄캄한 부엌에서 밥 지어 주시던 '어머님' 생각이 으스름히 나다.

아직도 날은 환히 새지 않고 먼데 사람들이 보일 듯 말 듯한 이른 새벽이다.

삼촌三寸 어른은 짐을 지시고 벌써 앞에 갔다.

나는 1학년學年 학생學生 병룡, 정필을 기다려 같이 가려고 양정楊亭 산마루에서 기다리었다.

'서당골'에서 짐을 바꾸어 지고 김창원과 같이 걸어오는 중, 벌써 뒤이어 동생들은 짐을 지고 따라왔다.

'짐'은 무거워 이마에 구슬땀을 흘리었다.

우리는 '만산리蔓山里'에 왔다.

연然이나 우리 학교學校에 생각도 못하였던 미군美軍이 들어와서 있었다.

우리는 기가 막혀 한참 서서 물끄러미 바라보았다.

여태껏 구슬땀을 흘리고 새벽에 나섰는데도 불구하고 지금에 본즉, 전교생全校生은 냇가에 모여 교장校長 선생님의 말씀에 학교學校에서는 수업은 못하되, 다른 곳에서는 수업授業을 한다는 말씀에 불행 중不幸中, 다행多幸이었다.

아버지의 일기 51

우리 셋은 아침 일찍이 일어났다.

방은 싸늘어 서로 셋은 움켜 앉아 날 새기를 기다렸다.

아침밥은 매우 맛좋다.

나는 지나간 자취생활自炊生活을 좀 더 재미나게 효과效果있는 생활生活, 학습學習을 하여 보려고 생각하다.

오늘도 사범과師範科 우리 동지同志들은 거의 결석하고 여학생女學生만이 날마다 출석出席하다.

전교생全校生 역시 출석률이 나빠서 선생님들로 하여금 가르치는 데 힘이 안 나게 하며, 배우는 자者 역시 공부工夫하여 보자는 향학심向學心을 북돋우지 못할 오늘날 처지處地에 직면直面하고 있다.

도로道路에는 날마다 자동차自動車 끊임없이 다니다.

시장市場에 가보다.

거기에도 피란避亂 온 우리 동포同胞, 우리 형제兄弟들은 목숨을 구求

하려고 조그마한 점店[76]을 차려서 하루의 끼니를 해결解決하는 모습이
었다.

    사람은 주위周圍의 환경環境에서 벗어날 수 없다.

---

76   노점.

아버지의 일기 52

1951년(檀紀 四二八四年) 3월 1일(三月一日) 목(木) 흐림

오늘은 3월 1일.

감개무량한 3.1절節이다.

제32회를 맞이하는 기미독립운동己未獨立運動.

집집마다 태극기太極旗 휘날리며 기미년己未年 당시當時의 우리 선열先烈을 축祝하는 동시同時에, 이 3.1정신을 잊지 말고 살리기 위하여 우리들은 소방대장消防隊場으로 모여 축하식祝賀式을 거행擧行하게 되었다.

벌써 사람들은 여러 단체團體에서 와서 기다리고 있다.

모두들 태극기 손에 들고 만세萬歲를 부르다.

나는 그 당시當時의 처운處運을 생각할 때 어떠하였을까?

왜놈들의 쇠사슬에서 풀리기 위하여 우리 선열先烈 애국자愛國者들은 얼마나 왜놈들의 총부리에 맞아 세상世上을 떠나시며 고초를 당當하였을까?

연然이나 이 운동運動으로 말미암아 우리들의 해방解放에 얼마나 효과效果를 얻었을까?

    이러한데도 불구不拘하고 오늘날 골육상쟁骨肉相爭[77]의 극 비애極悲哀를 초래招來하여, 바야흐로 민족멸망民族滅亡의 위기危機에 직면直面하고 있지 않은가!

---

77 형제兄弟나 같은 민족民族끼리 서로 다툼을 뜻함.

● 아버지의 일기

아버지의 일기 53

1951년(檀紀 四二八四年) 3월 2일(三月二日) 금(金) 맑음, 흐림

추운 아침이다.

아직도 동생들은 새벽잠에 '감로수'같이 취해 자고 있다.

곧 나는 쌀을 씻어 불을 때었다.

천2백환을 주고 나무 두 단을 사서 2일을 때고 나니 오늘 아침도
겨우 해 먹었다.

삽을 가지고 학교學校로 갔다.

역시, '후천교'에는 미국 헌병憲兵이 입초立哨를 서서 행인行人을 다니
지 못하게 하여 그 추운 물을 건너가시는 우리네 동포同胞들!! 사방四
方을 둘러보니 학생學生들이 한 사람도 보이지 않아 뛰어갔다.

이제 막 집합이다.

여기서 배치교실配置敎室을 알다.

사범과師範科는 '낙양'이라는 것이다.

이후 우리는 4학년學年과 함께 다리를 놓았다.

곧 해산解散하여 하숙下宿[78]집으로 왔다.

연然이나 아직 동생들은 오지 아니하였기로 따뜻한 옆방에서 '만화책'을 보다.

이 중 맛좋게 지어주신 점심을 얻어먹다.

방은 싸늘어 이 방, 저 방으로 헤매는 중, 병룡, 정필 군이 나무를 사 가지고 오는 것이다.(2천환에…)

---

78 하숙은 자취을 말함.

아버지의 일기 54

1951년(檀紀 四二八四年) 3월 3일(三月三日) 토(土) 맑음

방이 싸늘어 우리들 셋은 서로 꼭 웅크리고 잠을 잔 까닭인지 온 뼈마디가 아팠다.

아침을 먹고 서로 배치配置된 곳으로 갔다.

날은 차다.

볼과 귀를 에는 듯한 찬바람이다.

나는 우리가 배치된 곳을 찾느라 이 골목, 저 골목으로 찾는 중 마침내 찾았다.

거기는 무슨 교당教堂이었다.

매우 깨끗하고 알맞은 실내室內이다.

여기서 음악音樂 3시간 하고 또다시 침천정枕泉亭으로 옮긴다는 것이다.

그러기에 앞 냇가 물을 건너므로 돌다리를 놓았다.

놓은 후 올라가 본즉 서글프기 짝이 없고 춥기가 짝이 없다.

오히려 교당教堂이 훨씬 낫지 않을까? 하는 감感이 나다.

이러한 중, 벌써 3시가 넘은 듯싶다.

곧 하숙집으로 와서 집으로 오다.

밤에는 내가 가져온 전등 약을 병회 형에게 갖다 주어 켜본즉 불이
켜졌다.

또, 고모님 계시는 곳에 가보았다.

아버지의 일기 55

1951년(檀紀 四二八四年) 3월 4일(三月四日) 일(日) 맑음

오늘은 일요일.

아침 일찍이 앞 학교學校에서 음정 연습하다.

낮에는 고모님 댁에서 동양사東洋史 독서하다.

밤에는 김태경이가 상주尙州 죽전으로 '선'보러 갔다온 데, 대對하여 이야기를 들으러 갔다.

아버지께서는 선생님들과 놀러 가시어 밤에도 오시지 않았다.

요사이 전과戰果가 매우 호전好戰으로 진격 중進擊中 이라는 소리 들리어오다.

작은아버지 삼촌三寸 어른께서 금 천환을 주시며 학용품學用品에 보태 쓰라 하기에 받지 않으려고 하였으나 구태여 주시기에 달게 받았다.

벼슬을 저마다 하면 농부 되리 뉘 있으며

의원이 병 고치면 북망산이 저러하랴

아희야 잔만 부어라 내 뜻대로 하리라[79]

- 김창업[80]

79 〈현대어 풀이〉
    모든 사람이 다 벼슬을 하면 농부 할 사람이 누가 있으며, 의원이 어떤 병이든 다 고치면 북망산
    에 무덤이 저렇게 많겠는가? 아이야, 어서 잔 가득 술이나 부어라, 내 뜻대로 살아가리라.

80 김창업(金昌業, 1658~1721)
    자는 대유大有, 호는 노가재老稼齋·석교石郊 아버지 수항과 맏형 창집이 모두 영의정을 지낸 명문에
    태어났으나, 그는 벼슬에 뜻이 없어 동교東郊에 노가재를 짓고 전원생활을 즐겼으며, 맏형을 따라
    청나라에 다녀와서 '연행일기燕行日記'를 지었다. 그림에도 뛰어나 특히 산수·인물을 잘 그렸다.

아버지의 일기 56

1951년(檀紀 四二八四年) 3월 5일(三月五日) 월(月) 맑음

깜짝이 잠을 깨다.

밖은 환히 다 새었다.

나는 깜박 어쩔 줄을 몰랐다.

전前에 비比하면 막 지금 떠나야 할 시간時間임에도 불구不拘하고 이제서야 부엌에서 아침밥을 짓는 모양이었다.

슬프다!

'어머님'이 살아계셨다면 그래도 새벽밥을 일찍이 지어 주셨을 것이다.

아버지에게 쌀 4두斗를 얻어 아침밥도 먹지 않고 그냥 바쁜 걸음으로 재촉하였다.

아버지께서도 그 마음인들 오죽하시랴! 아침밥을 먹지 않고 보내는 이 자者를 생각할 때….

고개마다 넘어 본즉, 학생學生 1인도 보이지 않고 해님은 점점 이 자者의 마음을 조급하게 만들어 주었다.

반갑다!!

부원학교學校 1학년學年은 아무도 보이지 않아 지각이 아니라는 것을 생각하여 구슬땀을 비로소 닦았다.

침천정枕泉亭[81] 배움터에는 동지同志들이 교실教室을 잘 만들었다.

오늘은 6시간을 앉아서 마치다.

세 끼를 굶으니 저녁 맛이야 어느 맛좋은 요리에 비比할까?

---

81 선비들의 휴식 공간 '침천정枕泉亭'. 경상북도 상주시 경상대로 3123(만산동 699번지) 임란북천 전적지 내에 위치한 침천정枕泉亭은 조선시대 1577년(선조10)에 상주목사尙州牧使 정곤수(鄭崐壽, 1538~1602)가 상주읍성 남문 밖에 건립하고 연당蓮堂이라 이름 지어 선비들의 휴식처나 글 짓는 곳으로 사용하던 관정官亭이다. 1592년 임진왜란 때 소실된 것을 1612년(광해군4)에 상주목사 한술韓述이 중건하고 1614년(광해군6) 상주목사 강복성康復誠이 천향정天香亭으로 개칭하였으며, 1693(숙종19)에 목사 이항李恒이 연지蓮池를 홍백연당紅白蓮塘으로 고치고, 이향정二香亭이라 하였다.

그 후 일제시대인 1914년 도시계획정비에 따라 상주읍성이 헐릴 때 지방에 뜻있는 선비 여러 명이 정자를 사서 현 위치로 옮기고 군수 심환진沈晥鎭이 침천정枕泉亭이란 이름으로 고쳐서 현재에 이르고 있다.

침천정枕泉亭

북천 임진왜란 전적지 내

아버지의 일기 57

1951년(檀紀 四二八四年) 3월 6일(三月六日) 화(火) 맑음

　막 눈을 떠서 창문을 열고 보니 함박눈이 왔다.

　모든 초목草木들은 머리에 백꽃 같은 눈 꽃송이를 이고 할 수 없다는 듯이 고개를 숙이고 있다(5cm).

　심지어는 못 이겨 부러진 나뭇가지도 있다.

　온 천지天地가 깨끗하고 순백純白한 일색一色으로 변變하였다.

　만약萬若, 우리 동족상쟁同族相爭의 이 원통한 내란內亂을 하루아침에 이 눈 내린 것과 같이 아무 다툼 없이 평화平和로이 되옮기기를 축祝하였다.

　아직도 한 사람도 걸어가지 않은 길이다.

　길인지 밭인지 분간分揀할 수 없을 만큼 발자취를 보지 못하였다.

　학교學校에는 미군美軍이 없다.

　한편 반가우나 또 한편 믿을 수 없는 것이다.

　우리는 2시간時間을 마치고 곧 학교學校로 와서 청소할 계획을 하다.

　오늘은 이정배가 우리 자취생활自炊生活에 며칠 유숙留宿하려고 들어오다.

아버지의 일기 58

1951년(檀紀 四二八四年) 3월 7일(三月七日) 수(水) 흐림

밥술을 놓자마자 곧 등교登校하다.

벌써 길에는 사람들이 걸어 완연하게 길이 나있다.

첫 시간에는 독립선언서獨立宣言書 낭독연습하다.

국어國語 선생님은 김연권金演權[82] 선생님이었다.

인격人格이 매우 탁월卓越하신 선생님으로 우리 사범과師範科는 행복幸福하다.

요사이 여학생女學生이 타교他校에서 많이 전학轉學하여 남학생男學生은 거의 여학생女學生의 반수半數에 지나지 않는다.

나는 이러한 선생님들의 교수敎授 아래 따뜻하게 공부工夫하나 집에 계시는 아버지께서는 요사이 평안平安하오신지 인편人便이나마 있으면 물어볼까 하는 생각이 우러나오다.

앞 냇가에는 오늘도 여선히 좌우左右에 쌓인 눈을 두고 유유히 흐르는 것이다.

---

82 1971년 공검중학교 1학년 재학 시 초대 교장 선생님으로 재직하였다.

과연 학창시절學窓時節은 희망希望에 넘치는 시기時期이며 재미나는 인생대하人生大河의 일 노선—路線이 아닐까?

아버지의 일기 59

오늘도 우리 배움터 침천정枕泉亭으로 정배 군과 함께 갔었다.

저쪽에서도 5, 6명의 학생學生이 떼를 지어 걸어오며 서로들 어떠한 이야기를 속삭이고 있는 여학생女學生, 그들도 오늘의 배움을 위하여 아침 일찍부터 등교登校하였거늘!

하물며, 일一 대장부大丈夫로서 무슨 목적目的으로 무엇을 하려고 추움과 고통苦痛을 느껴가며, 따뜻한 고향故鄉을 떠나 만산蔓山이란 어느 초가집 한구석에 자리잡고 있는가?

"좀 더 하여 보자."

첫 시간에는 흑판黑板을 가지러 읍邑으로 갔다.

수업授業을 다 마치고 집으로 가는 중 '서영구' 형의 그 남아男兒다운 일에 아니 웃을 수 없었다.

그 반면反面에 또한 어학생女學生에게 우리의 남학생男學生이 웃음거리로 되어 있다는, 아주 그 유치한 이야기로 선생님에게 호소呼訴하는 사람도 있었다.

아버지의 일기 60

1951년(檀紀 四二八四年) 3월 9일(三月九日) 금(金) 맑음

몸이 괴로워 어젯밤에는 일찍 자다.

옆 마구간에서 울어대는 닭소리에 눈을 떴으나 또다시 무의식적無意識的으로 잠이 들어, 동창東窓에 희미한 햇빛 줄기의 쏘임과 함께 잠을 깨다.

연然이나 나무 한 가지 남지 않고 또한 간장조차 하나 없어 자취생활自炊生活이 싫증이 나는 감感이 들다.

마침 주인主人 어르신네의 호심好心으로 마침내 밥을 지어 장물[83]과 꼬이장[84] 두 가지로, 오늘 아침의 조반朝飯을 해결하려 하니 과연 맛없어 조금 먹다가 말았다.

막 아침을 먹고 병룡 군과 장난하던 중, 부지중不知中에 진논에 엎어져 그만 흙투성이가 되어 버렸다.

"모든 것에든지 침착하며 정신적으로!"

오후午後에는 동생들이 나무와 짚을 사 가지고 오다.

---

83 간장.
84 고추장.

나는 우리 동지同志들과 땀을 흘리며 Piano를 침천정枕泉亭으로 옮기다.

아버지의 일기 61

1951년(檀紀 四二八四年) 3월 10일(三月十日) 토(土) 맑음

오늘은 토요일.

1주일도 오늘로써 마지막 가는 토요일이다.

동생들은 오늘이면 그리운 집에 간다고 매우 기쁜 얼굴로 등교하였다.

나는 4시간을 마치고 곧 '정배' '춘매' '용식'들과 같이 하숙집으로
왔다.

벌써 동생들은 출발하였던 것이다.

나도 곧 친구들과 같이 걸어가며 여러 가지 이야기를 하면서 걸어
갔다.

벌써 대자연大自然은 '새싹'의 첫봄을 알리고 있다.

버들나무에는 볼그레한 촉을 수줍은 듯이 보일 듯 말 듯하게 내보
이고 있다.

또한, 저편 양지쪽에는 7, 8세歲쯤 된 어린 촌색시들이 바구니를 옆
에 끼고, 나물 캐는 그 모습이 첫 봄이다 하는 감感을 어느 틈에 알리
고 있다.

도중途中 1학년생學年生과 같이 동행同行하였다.

나는 걸음을 빨리 하여 집에 계시는 아버지 평안平安하시온지 초조
한 마음으로 갔다.

여전如前히 아버지께서는 무사無事하시었다.

연然이나 밥 지어 주는 아이가 아파서 방에 드러누웠다.

즉시에 기가 막혀 아! 기가 막혔다.

7일 동안 타향에 있다가 마침 일요일을 통通해 그리운 내 고향 나의
집을 찾아왔건만, 지금은 오직 눈물 흘러내리게 하는 서글픈 고향 우
리 집이었다.

어느덧 저녁이다.

밥 먹지 못하고 뒷동산 잔디 위에 누워 지나간 '어머님' 사랑에 다시
금 잠기어 보았다.

생각한들 아무 소용 없는 뼈아픈 과거사過去事다.

흘러내리는 것이 눈물뿐이요, 입에 나오는 것이 울음뿐이다.

"모든 깃이 모순 세상世上" 인생人生의 비관悲觀을 아니 느낄 수 없는
운명運命에 처處하고 있는 것이다.

몸 아픈들, 배고픈들 그 누구에게 호소呼訴하리, 오락가락 의지할
데 없는 이내 신세….

오, 오, 비나이다.

하느님께 비나이다.

어리석고 불효자不孝子인 이 자者는

마땅한 죄를 달게 받으오리다.

아버지의 일기 62

1951년(檀紀 四二八四年) 3월 11일(三月十一日) 일(日) 맑음

동리인洞里人들께 덕德할 수 있다는 생활生活을 하여 보다.

밤에는 김대경 사랑방에서 자고 아침 일찍이 집으로 갔다.

나는 앞 학교學校로 다녀서 창원 댁에 가보았다.

가본즉 벌써 1학년생學年生은 자동차自動車로 떠났다는 것이었다.

할 수 없어 집으로 와서 면面에 '고모님' 배급配給을 타러 갔다.

거기서 나는 제2차第二次 징병신체검사徵兵身體檢査에 3월 16일 출두出 頭하라는 해당증證을 보았다.

나는 깜짝 정신이 없었다.

이것이 대체 어떻게 된 일인지 몰랐다.

연然이나 안심安心하고 배급을 타서 집으로 왔다.(쌀 6, 보리쌀 12)

배는 고프나 중식조차 없었다.

곧 상주尚州로 떠나가야 할 즈음이다.

생각하니 별안간 뜨거운 눈물이 비 오듯 하는 동시同時에 아버지 역 시 슬픔을 금禁하지 못해 눈물을 흘리시는 것이었다.

방아 찧던 창원 모친이 오시어 많은 경계警戒의 말을 하였다.

시베리아 벌판에 김이 꺼질락 말락한 우리 집 가정형편家庭形便이다.

가련하신 아버지이시며 불쌍한 이 자者다.

아버지께서는 훌륭하시다.

"이 천지간天地間에는 아버지 같으신 사람은 없을 것이다."

나는 확언確言하고 싶다.

나는 아버지를 내가 알릴 기회機會만 있다면 세계世界 곳곳마다 알리고 싶다.

나는 어느 시절時節인지 들었노라, 전환轉換하는 역사歷史의 수레바퀴를 한번 번성繁盛하면, 한번은 비번성非繁盛 한다는 것을! 언제나 한번 우리 가정형편도 한번 나아질 때가 있으리다.

일금 4천환을 얻어 눈물의 내 고향을 떠나는 이 자者, 차라리 이럴 줄 알았다면 두 어깨에 지게를 지고 부모父母님을 봉양奉養하였을 것을 하는 생각이 용솟음친다.

우리의 이 사정事情을 잘 아시는 '둘리네' 모친 나에게 떡을 일부러 뒤따라오시며 주시다.

평생平生 잊지 말자!

아버지의 일기 63

1951년(檀紀 四二八四年) 3월 12일(三月十二日) 월(月) 맑음

오늘부터 창원 군도 같이 우리 자취생활自炊生活에 들어오다.

밤에는 김학원金學元[85] 군이 자다.

천봉산 등을 지고 갑장산 앞에 두니 모든 산줄기 상주읍尚州邑을 옹호하며 푸른 앞 냇가 물은 조금도 변變함 없이 흐르고 있다.

쳐다보니 천봉산 산줄기에 온화溫和하게 자리잡은 침천정枕泉亭은 뒤뜰이 만고萬古 사시四時에, 그 푸른 절기 변함 없이 자랑하는 죽竹으로 둘러싸여 미묘한 건축술이라 아니할 수 없다.

여기에 오늘도 사범과師範科 남녀학생南女學生은 웃음에 가득한 얼굴로 등교하였다.

연然이나 나에게는 조금이라도 기쁜 마음 없이 선생님의 교수教授를 받았다.

---

85 동막 2리, 공검중학교 초대(1971년) 서무과장으로 재직하였다.

나비야 청산 가자 범나비 너도 가자

가다가 저물거든 꽃에 들어 자고 가자

꽃에서 푸대접하거든 잎에서나 자고 가자[86]

---

86 작자가 알려져 있지 않지만 청유형 어법으로 창작된 이 작품은 가락이 경쾌하기 이를 데 없다. 〈청구영언〉 육당본과 〈삼가악부三家樂府〉에 전한다. 신위申緯의 '소악부小樂府'에 한역되어 전하기도 한다.

아버지의 일기 64

1951년(檀紀 四二八四年) 3월 13일(三月十三日) 화(火) 맑음

　사방四方은 아직 어둠 속에 잠기어 다만 도로道路에는 보급품補給品을 실은 자동차自動車가, 앞 헤드라이트에 불을 켜 쏜살같이 달리어 일선 一線 장병님께 보급補給하고 있다.

　날은 새다.

　고요히 잠든 이 인간세人間世는 벌써 복잡複雜한 오늘을 형성形成하기 위하여 이쪽, 저쪽 마을에는 아침 연기 잠뿍하여졌다.

　아침 일찍이 등교하였다. 아무도 없고 내가 제일 먼저 왔다. 곧 Piano를 열어 음정音程연습을 하였다. 교실教室은 매우 차다.

　모두들 추움을 무릅쓰고 교수教授받고 있는 이 상태狀態 내가 전에 원願하던 학생시절學生時節, 그립던 그 학창시절學窓時節, 그 어느 때를 물끄러미 생각났을 때 미숙未熟한 이 자者는 영원永遠히 이 학생學生 시 절을 계속하고 싶었다.

　속계俗界의 세상世上은 모순矛盾의 세상世上!

아버지의 일기 65

1951년(檀紀 四二八四年) 3월 14일(三月十四日) 수(水) 맑음

오늘은 내가 식사食事할 당번當番이었다.

일찍이 일어나 일기日記를 쓰다.

반찬 없는 아침 조반朝飯이나 매우 맛이 좋았다.

어제 해은海恩 형의 실업학습장實業學習帳을 꾸어가지고 왔으나 없기
에 이상異常하여 곧 물어볼 예정豫定으로 일찍이 등교하였다.

1951년 3월 12일 전황戰況, 지상전투 상황

서부전선西部戰線 미군 25사단師團 5리 전진前進

중부전선中部戰線 미군 1사단師團 10리 전진前進

동부전선東部戰線 11,400명 살해殺害

교장校長 선생님의 강의講義는 들으면 들을수록 재미나며 많은 감득
感得을 주었다.

참으로 교장校長 선생님의 교수教授받은 대로 틀림없이 가르친다면
옳은 민주주의民主主義 교육教育을 할 수 있으며, 교육자教育者로서는 완

전完全한 임무任務를 다할 것이라고 생각하였다.

저녁에는 김정현金廷顯 형이 와서 자다.

아버지의 일기 66

1951년(檀紀 四二八四年) 3월 15일(三月十五日) 목(木) 맑음

아직 아무도 등교하지 않았다.

나는 못으로 Piano를 열어 음정音程 연습하던 중, 김용식金龍植에게 자리를 주고 우리는 뒤 잔디밭에 가서 준희, 춘매와 같이 장난치고 놀았다.

수학數學 시간이다.

아무리 생각하여도 수학의 원리原理를 도저히 생각하기 어려웠다.

과연 어렵고 어려우며 또한 대부분大部分 수학數學에는 취미가 없고 어려운 모양이었다.

오늘은 사회생활社會生活 1시간 마치고 본교本校로 등교하여 교장校長 선생님의 훈화訓話 말씀을 듣고 곧 집으로….

'징병신체검사徵兵身體檢查' 통지서通知書를 가지러 왔다.

아버지께서는 전일前日 며칠간 편찮으시었다.

아버지의 일기 67

1951년(檀紀 四二八四年) 3월 16일(三月十六日) 금(金) 맑음

상주尙州 만산蔓山, 자취생활自炊生活의 그 어느 날 뒷도랑 섶에서⋯.

새벽에 잠을 깨다.

아버지의 뼈아픈 소리 뼈아팠다.

벌써 부엌에는 고모님께서 새벽밥 지어 주시기에 분주하시었다.

연然이나 밥 지어 주는 아이는 들은 척도 하지 않고 아버지의 가슴을 애태우는 것이다.

과연 자기自己의 아들딸이 아니면 아무 소용所用 없다는 것을 절실히 느끼는 동시同時에 감개무량하였다.

오늘은 또한 징병신체徵兵身體 검사일檢査日이다.

권영경權榮經 형과 같이 동행同行하였다.

벌써 앞에 가는 모습들이 많이 보였다.

장소場所는 중앙국민학교中央國民學校, 수많은 대한大韓의 우리 동지同志들은 이미 기다리고 있었다.

나는 김정현 형과 곧 검사실檢査室에 들어가 열烈로 서다. 물론勿論,

건강한 청년도 있는 동시同時에 반면反面에 나와 같이 몸이 쇠약한 사람도 있었다.

나는 여러 검사실檢查室을 거쳐서 이제는 판정실判定室이다.

사람을 종별種別로 나누는 엄숙한 판정실判定室이다.

모두들 서로 자기自己 신체身體의 판정判定을 기다리기에 초초焦憔[87]한 마음으로 열烈로 서있다.

나의 차례가 다가왔다.

반드시 이번에는 갑종甲種이라는 신념信念 아래 판정관判定官 앞에 갔다.

연然이나 이상異常하였다.

불합격不合格이라는 세 글자로 여러 동지同志들에게 부끄러운 반면反面에 내 일신一身에는 좀 안심安心을 주었다.

검사檢查를 마친 후, 학교學校로 갔다.

막 4시간時間이 시작始作되었다.

---

87 애를 태우며 근심하다.

수업 중授業中, 도 장학道獎學 선생님, 농잠학교 교장農蠶學校校長 선생님이 오시어 우리의 수업태도授業態度를 보아 주시었다.

아버지의 일기 68

1951년(檀紀 四二八四年) 3월17일(三月十七日) 토(土) 흐림, 맑음

곧 등교하였다.

아무도 없어 낙서만 하였다.

도중途中 동지들은 모여서 수업을 시작始作하였다.

지리地理시간이다.

지리地理 선생님은 별別로 교육계敎育界에 경험이 적은 것인즉, 아직도 교수법이 분간分揀하기 어려우신 모습이었다.

오늘은 음악 2시간 하고 본교本校로 모여서 몸 검사를 하고 교장校長 선생님의 훈화訓話 말씀을 들었다.

찬밥 두 술을 먹은 뒤, 우리는 후천교에서 자동차自動車를 타려고 하다 비로소 처음 Mp[88]에게 말을 걸어 보았다.

기다리던 중, 선생님들은 멀리서 우리를 노려보고 있는 모양이시기에 도보徒步로 창원, 병룡, 상수와 함께 먼지투성이 도로道路가를 걸어 해님과 함께 동행同行하여 구슬픈 고향故鄕에 왔다.

---

88 MP(military police, 헌병憲兵): 군대 안의 경찰활동을 주 임무로 하는 전투지원병과兵科 또는 헌병 병과에 소속된 장병.

아버지의 일기 69

1951년(檀紀 四二八四年) 3월 18일(三月十八日) 일(日) 맑음

토요일 밤이다.

나는 병희 형님 댁에 가서 놀다.

조금 후, 태경이와 '영달' 옆방에서 꽃장난 하던 중, 조금 기분氣分 나쁜 일로 서로 싸웠다.

참으로 나는 너무나 부끄러운 행동行動을 하였다.

일─ 국민학교國民學校 아동兒童과 서로 마을이 고요히 잠든 동네를 시끄럽게 하였다.

조금 싸운 후, 번듯 생각하였다. 나의 집이 없다고 보는 것 같고 나를 무시無視하는 것 같아 어디 한번 보자 하고 생각하였다.

일요일 아침이다.

10시경에 면面에 양정楊亭밭, 이토移土[89] 신청관계로 갔다기 용지기 없어 그만 돌아와서 중식을 먹고 박병룡 군과 짐을 지고 또다시 상주

---

89 토지 이전을 말한다.

尙州 하숙집으로 왔다.

　도중途中에 병철, 시태[90]와 함께 동행同行하였다.

　도착到着한즉, 벌써 해는 졌다.

90　지평리, 공검초등학교에 재직하였다.

아버지의 일기 70

1951년(檀紀 四二八四年) 3월 19일(三月十九日) 월(月) 맑음

눈을 뜨자 밖은 다 환히 새었다.

벌떡 일어나 아침을 하였다.

따뜻한 날씨가 오늘 아침은 얼음이 얼고 매우 찬 날이다.

식사당번食事當番이기에 모든 식사食事일을 맡아 오늘은 해야 할 것으로 일찍이 아침밥을 하였다.

막 식사 중食事中, 정필, 창원 군이 왔다.

오늘 아침 조회朝會는 본교本校에서 행行하였다.

교장校長 선생님의 훈화訓話말씀.

1. 통화通貨수축

2. 식량食糧절약

3. 통로通路금지

4. 복장服裝단정

매우 참고될 만한 교장校長 선생님의 말씀이었다.

또한, 등교 시時에 김대경이와 대경 모당母堂[91]이 오시어 전학轉學 문제
에 관하여 왔기로, 나는 임林 선생님에게 부탁한 후 분교分校로 갔다.

중이파의甑以破矣이요
시지하익視之何益이라[92]

---

91 남의 어머니의 높임말.

92 중이파의 시지하익. 시루는 이미 깨졌다. 다시 들여다본들 무슨 소용이 있겠는가? - 맹민孟敏

아버지의 일기 71

1951년(檀紀 四二八四年) 3월 20일(三月二十日) 화(火) 맑음

닭소리에 잠을 깨니 밖은 어두침침하여 아직 먼동이 트지 않다.

줄곧 일어나 어젯밤에 작성作成하다 만, 장병將兵 위문문慰問文의 원고原稿를 마치기 위해 다시금 쓰기 시작하였다.

별안간에 쓰고 보니 아무 두서頭書 없는 글이 되어 선생님에게 부끄러운 감感이 들었다.

아직도 침천정枕泉亭에는 아무도 없었다.

오늘 역시 날은 차다.

차차 친구들은 모여 첫 시간에 심리心理를 하였다.

하교 시下校時에는 최춘매崔春梅의 생물生物 학습장學習帳을 꾸어오다.

밤에는 김정현, 안종욱安鐘昱이 와서 자다.

몸이 괴로워 곧 학습學習정리 마치고 잠을 잤다.

조선朝鮮 교육사教育史 책 꾸다.

아버지의 일기 72

1951년(檀紀 四二八四年) 3월 21일(三月二十一日) 수(水) 맑음

본교本校에서 조회朝會를 마치고 분교分校로 갔다.

거기에는 벌써 여학생女學生 몇이 와서 앉아 기다리고 있었다.

날은 차다.

뚫어진 문구멍으로 창문 없는 훤한 곳으로 바람이 우리의 떨음을 만들고 있다.

오늘은 춘분일春分日이다.

낮과 밤의 길이가 똑같은 날이다.

옛날 사람들은 어떻게 이날을 발견發見하여 우리에게 편리便利한 점이 되었을까? 수업 중授業中에 몇 명의 학생學生이 와서 밖에서 돌아다니었다.

5, 6시간은 미술美術시간이었다.

미술美術 선생님의 지도指導야말로 참으로 우리에게 미적美的 감득感得을 얻지 못할 수업授業 지도이시었다.

밤이다.

나는 귀운 형, 김창원 또한 제弟[93]와 함께 안너출이에 놀러가서 '묵'을 사 먹으러 갔다.

불행不幸하게도 없어 할 수 없이 술 한 잔씩 나눠먹고 내려왔다.

인간人間은 언제든지 지덕知德이 있어야 한다.

(점잖은 태도態度로!)

---

93 동생.

아버지의 일기 73

1951년(檀紀 四二八四年) 3월 22일(三月二十二日) 목(木) 흐림, 맑음

동생들의 곤하게 자는 소리와 함께 막 일어나 밖으로 나갔다.

구름이 끼었고 또 '눈'이 가끔 가다가 뿌려 오늘의 일기日氣를 매우 흐리게 할 날씨다.

벌써 일어난 한 농부農夫 아침 추움에 조금도 굴하지 않고 밭을 갈고 있었다.

연然이나 도저히 이렇게 자취생활自炊生活을 계속한다면 영양부족營養不足으로 나의 쇠약한 몸이 더욱더 쇠약할 것이라고 생각되었다.

가끔 '포' 소리 어디서인지 들리어 농촌인農村人으로 하여금 의심을 갖게 하여 준다.

첫 시간에 생물生物을 마치고 둘째 시간에 심리心理를 하였다.

좀 더 복습하고 독서를 많이 계속하면 심리학心理學이라는 교재教材도 매우 흥미興味있는 것이었다.

수업을 다 마치고 담임擔任 선생님의 공납금公納金에 대對하여 말씀하시었다.

아버지의 일기 74

1951년(檀紀 四二八四年) 3월 23일(三月二十三日) 금(金) 맑음

오늘은 식사당번食事當番이다.

남다르게 일찍 일어나 쌀을 씻었다.

이것이 나는 우연히 부끄럽고 싫은 감이 떠오르는 동시同時에 웃음의 한줄기 광선光線과 함께 그 부끄러웠던 생각은 어디로인지 달아나 버리었다.

유달리 오늘은 비행기 50기機가 떼지어 연달아 북北을 향向하여 날아간다.

밭 갈던 농부農夫, 소위 인텔리94 지위地位에 있는 자者까지 의심疑心을 갖게 되었다.

침천정枕泉亭에는 어제 친구들이 매우 수고하여 창문을 달아 우리에게 온화溫和함을 안겨 주었다.

교감校監 삼수三壽 선생님께서는 우리들에게 장래에 많은 도움 될 금언金言의 말씀을 하시어, 우리들로 하여금 많이 감득感得하게 하여 주

---

94 지식인.

었다.

남학생男學生은 곧 수업授業을 마치고 집으로 오다.

우리 자취생自炊生은 간장이 다 떨어져 김 4톳을 사가지고 와서 맛있게 먹었다.

조금도 독서讀書한 것 없이 밤은 깊었다.

아버지의 일기 75

1951년(檀紀 四二八四年) 3월 24일(三月二十四日) 토(土) 맑음

날은 맑게 개이었다.

동산東山에는 벌써 아무 공급供給 없는 해님은 불끈 솟았다.

아침밥을 먹은 후, 곧 등교登校하였다.

수업授業 두 시간을 마치고 상주읍尙州邑에 책상 운반하러 갔었다.

연然이나 모두 각 단체各團體에서는 책상을 주지 않아 다시금 학교學校로 와서 학교 근처에 있는 책상 몇 개를 운반하였다.

나는 하숙집으로 와서 책 몇 권과 자루를 가지고 Mp 입초立哨 섰는 데 가서 김정현과 같이 기다렸다.

마침 자동차自動車가 와서 타고 먼저 가다.

그런데 나는 매우 감개무량하였다.

다름이 아니었다. '가는다리'(세천細川)[95]에 와서 자동차自動車는 정지하였다.

이때, 우리 동포同胞 이 전란戰亂으로 말미암아 2세 국민병二世國民兵

---

95 가는다리(세천)는 자연부락명이다.

이 대구大邱까지 갔다 오는지, 피골皮骨이 매련 없고 금방이라도 넘어
질 지경地境의 모습으로, 좀 태워 달라고 3 ~ 4명의 사람이 손을 들고
소리쳤으나 그냥 차車는 달아났다.

아버지의 일기 76

1951년(檀紀 四二八四年) 3월 25일(三月二十五日) 일(日) 비

오늘은 일요일이다.

밤중부터 뿌리던 봄비 아침이 되어도 그칠 줄 모르며 내려오다.

하도 심심하여 마을에 놀러가던 중, 학교學校에서 김정현이 부르기에 가본즉 이신우 형이 와서 풍금 연습을 하였다.

나는 신우 형에게 대對할 면목面目이 없었다.

왜냐하면 전前에 금전金錢관계로 인因하여….

역시나 그치지 않고 비는 그저 부실부실 와서 겨울에 얼었던 그 모든 산천초목山川草木들의 더러운 티끌을 완전히 추움을 씻어버리기 위함인지 하루종일 오는 것이다.

우리 마을에 사고事故, 김무경金武經 형의 사고事故였다.

모든 것이 그 순간적瞬間的인 잘못으로 인因하여 그의 일 생애一生涯에 큰 흑점黑點, 또한 무한無限한 고통苦痛을 겪을 때 우리 마을 사람들은 매우 걱정을 하였다.

아버지의 일기 77

1951년(檀紀 四二八四年) 3월 26일(三月二十六日) 월(月) 흐림

  아버지의 깨움에 밥 짓는 아이와 고모님은 귀찮음을 가리지 않고 새벽밥을 하여 주시었다.

  나는 생각하였다.

  이 넓고 넓은 우주宇宙 인간세상人間世上 한없이 넓은 일생선一生線이나 오직 우리 집 가산家産은 53세歲이신 아버지와 이 자者 둘, 어디에 비比할 바 없는 고독비애孤獨悲哀감을 아니 느낄 수 없으며, 아버지의 근심, 걱정 1/10,000도 갚을 줄 모르는 이 자者, 천지天地의 자연自然을 끼고 살아갈 수 없는 불효막대不孝莫大한 이 자者이다.

  일찍이 나선 모양인지 매우 일찍 하였다.

  본교本校에서 조회朝會를 마치고 분교分校96로 가서 수업授業을 받았다.

  책상이 있어 매우 편리便利하며 평안平安하게 수업授業을 받게 되었다.

  4시경時頃 영화구경을 하였으나 어떻게 되는지 도무지 보는 당시에도 알 수가 없었다.

---

96 상주중학교 분교가 부원에 있었다.

아버지의 일기 78

1951년(檀紀 四二八四年) 3월 27일(三月二十七日) 화(火) 흐림, 비

　오늘은 상중(尙中), 우리 학교(學校) 제4회 개교 기념일(開校記念日)이다.
　오늘 역시 비는 그치지 않고 조금씩 부슬부슬 내리고 있다.
　본교(本校)에서 기념식(記念式)을 거행(擧行)하였다.
　장소(場所)는 매우 좁고 매우 떠들어 대었다.
　별로 '내빈'도 오시지 않아 간단히 식(式)을 마치고 집으로 돌아오다.
　좀 더 시국(時局)이 평안(平安)하다면 오늘의 그 기쁨은 충만(充滿)하였을
것이다.
　또 한편 돌이켜 볼 때, 일선장병(一線將兵)의 그 목숨을 바치고 싸우시
지 아니하면은 오늘의 이 간단한 식(式)도 못하였을 것이라는 생각을
하였을 때 감사하기 무엇을 올릴 수 없다.

　동양사(東洋史) 학습장(學習帳)을 정리(整理)하고 이리저리 놀던 중, 밤은 깊
어 다만 비행기 1기(機)가 공중을 울리며 어디로인지?

아버지의 일기 79

1951년(檀紀 四二八四年) 3월 28일(三月二十八日) 수(水) 흐림

  동생들은 잠에 취하여 달게 자는 동안 나는 일기장日記帳에 붓을 옮기었다.

  오늘의 하루 일과日課 지나온 자취를 생각하다.

  나는 오늘 아침 식사당번食事當番이다.

  유달리 일찍이 일어나 '장작'을 넣어둔 부엌을 본즉, 나무가 모조리 다 타고 소죽을 끓이지 않은 솥에서는 김이 무럭무럭 일어났다.

  본교本校에서 조회朝會를 마치고 분교分校로 가서 수업授業을 받았다.

  이 세상은 황금시대黃金時代, 누구나 금金이면은 모든 선악善惡을 해결解決하는 것이다.

  나는 너무나 지나치게! 저학년低學年에 조금도 차이 없이 대對하였다.

  좀 더 복종服從시킬 묘안妙案을 갖자.

  옆 방에서는 밤 늦도록 어르신들께서 여러 가지 경험經驗한 이야기를 하시고 계셨다.

  하늘에는 작은 아기별들이 구름이 트인 곳마다 뛰어다니며 암흑暗黑의 속세俗世를 엿보고 있다.

아버지의 일기 80

1951년(檀紀 四二八四年) 3월 29일(三月二十九日) 목(木) 흐림

밝은 아침이다.

동창東窓에는 불그레한 아침 햇빛이 물들어 매우 아름다운 모양의 색채를 띠고 있다.

우리 넷은 모여앉아 여러 가지 농담을 하면서 아침밥을 먹었다.

등교登校하던 중, 온갖 것들이 그 초춘初春을 맞이한 초목草木들, 삼동三冬에 꼼짝 못하였을 모습을 나날이 어린 노란 싹을 틔우며 또한 얼었던 땅, 언덕에는 차츰차츰 풀리어 이제는 여러 곳의 언덕마다 흙이 무너진 것을 보았다.

오늘은 구름이 끼어 매우 추웠다.

5시간에는 수학數學을 하였다.

도저히 어떻게 된 셈인지 이해理解하기 어려웠다.

대다수大多數의 학생學生들도 매우 어려운 생각으로 수업授業을 받고 있다.

하교 시下校時에 책상을 운반하러 갔으나 없어서 하숙집으로 왔다.

석반夕飯을 먹고 귀운 형께서 또한 동생들이 이상異常한 말을 하였다.

어제 나의 뒤에 따라온 여학생女學生 둘이 이 집 길거리 모퉁이에서, 나에 대對한 이야기를 묻고 뒤돌아가며 남 보기에 수상한 태도態度로 갔다는 말을 들었다.

이상異常하다. 그럴 일이 없을 것이다. 하고 나는 한 번 더 생각하였다.

아버지의 일기 81

1951년(檀紀 四二八四年) 3월 30일(三月三十日) 금(金) 맑음

으스름[97] 달밤 새벽의 광경光景이다.

하늘에는 얼마 있지 않아 이 우주만물宇宙萬物을 낱낱이 비춰주며 보호保護하여 주는 조각달, 들리어 오는 새벽 닭소리에 점점 그 밝은 광채光彩는 사라져, 이제는 완연完然한 동산東山에 웃음 띤 해님과 교대交代한 밝은 아침이다.

누런 언덕 아래서 두 마리의 종달새 일찍이 일어나 앉아 오늘 하루의 일과日課를 이론理論하며, 추운 아침 바람에 '깃'을 오므리어 서로들 이야기를 바꾸고[98] 있다.

수업授業을 마친 후, 담임擔任 선생님의 지시指示에 의依하여 남학생男學生 일부一部는 읍邑으로 책상 운반하러 가고, 또 일부一部는 앞 냇가 흐르는 물에 임시臨時로 가마니에 모래를 넣어 다리를 놓았다.

---

97 달빛이 침침하고 흐릿하게 비치는 밤.

98 나누다의 정겨운 표현이다.

아버지의 일기 82

1951년(檀紀 四二八四年) 3월 31일(三月三一日) 토(土) 맑음

오늘은 3월 달도 말없이 넘어가는 날이다.

요사이 며칠, 병룡 군이 아파서 드러누워 앓고 있었다.

매우 몸이 괴로운 모양이었다.

연然이나 어찌할 수 없어 학교學校로 갔다.

아침 조회朝會를 본교本校에서 마치고 우리의 따뜻한 학급學級의 수양修養터 침천정枕泉亭으로 갔다.

산허리에 우뚝 서 상주읍尙州邑을 내려다보며 그 늠름한 기세氣勢를 자랑하고 있는 침천정枕泉亭 우리를 기다리고 있는 것이었다.

생물生物시간을 교육敎育시간으로 바꿔 교장校長 선생님이 우리들을 위僞해 본교本校에서 오시었다.

나는 교육敎育 2시간時間을 마치고 많은 감득感得을 가졌다.

내가 전前에 상주상산학교尙州尙山學校에서 교생敎生 15일 동안을 강습講習하여 그대로 국민학교國民學校에 배치配置된다면, 많은 아동兒童들에게 참으로 민주적民主的인 참된 교육敎育을 못하였을 것이라는 것을 느끼다.

166

2시간時間을 마친 후, 본교本校로 가서 여학생女學生은 운동장運動場 정리整理를 하고, 우리 남학생男學生은 각 리동各里洞으로 흩어져 있는 책상을 찾아다니었다.

하숙집으로 왔다.

아직 동생들은 가지 않고 중식을 먹었다.

곧 준비하여 앞 후천교 Mp에게로 가서 자동차自動車를 기다리었다.

거기에는 벌써 공검면恭儉面에 있는 학생學生들이 기다리고 있으며, 임 선생님도 오시어 함창咸昌에 소간所幹[99]이 계시어 우리와 함께 기다리시었다.

나는 보았다.

앞 초가집 우리의 동포同胞 한국여성韓國女性, 몸을 팔아가며 하루의 빵을 헤결解決하는 여성女性 불쌍타! 그들에게는 어떠한 환경環境의 역경逆境에 부딪혀 소위 화류계[100]의 여성女性이 되고 말았을까?

---

99 볼일.
100 기생이나 매춘부들의 사회.

아버지의 일기 83

1951년(檀紀 四二八四年) 4월 1일(四月一日) 일(日) 흐림

 작일昨日,[101] 자동차自動車에 몸을 실어 양정楊亭까지 무사無事히 도착到
着하였다.

 그 도중途中의 복잡함은 무엇이라 말할 수 없었다.

 학생學生들 모두는 그리운 고향故鄉을 가기에 복잡함을 무릅쓰고 올
라앉아, 서로들 몸에 의지하여 자칫하면 백원白元에서 떨어질 뻔하였다.

 막 내리자 조금씩 비가 내려 우리의 걸음을 빨리하였다.

 1주일週日 동안 아버지의 얼굴이 보고 싶어 급急히 방으로 가서 조
금 후, 들에 다녀오시는 아버지를 맞이하였다.

 학교學校에서 풍금을 연습하여 보던 중, 사방四方은 어둠살이 들었다.

 어쩐지 날이 갈수록 돌아가신 '어머니'가 보고 싶고 그리워 요지부
동搖之不動[102]하였다.

---

101 어제.
102 흔들어도 꼼짝하지 아니함.

오! 뱃속까지 서린 사랑 1초_秒라도 잊지 않던 그 '어머니', 조금도 음성_{音聲} 높이 하시지 않고 어디까지든지 일일——이 돌아보시어 주시고, 이 자_者가 없으면 살 수 없다는 듯이 가끔 가다가 나에게 말씀하시어 주시던 그때가 어제와 같다.

생시_{生時} '어머니'의 그 웃는 얼굴 한 번 더 보지 못할까? 만약_{萬若}, 보게 된다면 나는 이 이상_{以上} 더 바라지 않고 행복_{幸福}한 생활_{生活}을 하여 갈 것이다.

옛날 그 따뜻하고 그립던 고향_{故鄕}, 지금은 오직 쓸쓸하고 구슬픈 내 고향, 다 쓰러져 가는 초가_{草家}에 객인_{客人}만이 있어 그저 후_後걱정은 조금도 할 사이 없이, 오늘의 배를 채우기 위하여 풍부하게 모든 일을 하는 것을 볼 때, '어머님'의 그 살림살이가 객인_{客人}의 만인_{萬人}보다 몇만 배_{萬培} 낫다는 것을 느끼는 동시_{同時}에 그 사랑 그 시절_{時節}이 다시금 그립다.

온갖 초목은 봄이 왔다고 순마다 노란 잎과 온갖 참새들 노래하며, 보리밭 곳곳마다 푸른 보리 잎의 완연_{完然}한 모습을 나타내지만 한번 가신 '어머님'은 어찌나 못 오실까?

아버지의 일기 84

1951년(檀紀 四二八四年) 4월 2일(四月二日) 월(月) 맑음

작일昨日, 아랫집 국민방위소대본부國民防衛小隊本部에서는 훈련訓練에 출동出動하지 않았다 하여, 그저 매를 대어 그 아무것도 모르는 무식농촌無識農村의 청년靑年을 때리는 것을 보았을 때, 나는 좀 더 어디까지든지 정신적精神的으로 교양敎養할 수 없나 하는 것을 생각하였다.

인도적人道的이며 도덕적道德的으로….

새벽 해뜨기 전前에 고모님이 지어주시고 부친父親의 따뜻한 사랑으로 아침을 먹고 쌀을 짊어지고 길을 나섰다.

도중途中, 창원과 함께 하숙집으로 왔다.

방은 매우 서글펐다.

학교學校에서 '답프 뗀스' 견학見學을 하였다.

과연 우리나라에도 저러한 예술인藝術人이 있다는 데, 대對하여 기쁘기 한량限量이 없었다.

하교下校한 후, 집으로 와서 본즉 나무가 하나도 없었다.

나는 매우 불안감不安感을 가졌다.

그리하여 곧 읍邑으로 가서 3천5백환에 한 짐 산 후, 또 농부農夫 한

사람이 새벽 일찍이 산山과 같이 한 짐 하여 오는 것을 또한 3천5백환
에 사다.

아버지의 일기 85

1951년(檀紀 四二八四年) 4월 3일(四月三日) 화(火) 흐림

앞 도로道路는 오늘도 끊임없이 보급품補給品을 실은 자동차는 분주하게 먼지를 일으키며 왕래하고 있으며, 낮게 뜬 전투기 쏜살같이 천봉산千峯山을 넘어 어디로인지! 침천정枕泉亭 냇가 물에 다리 놓은 것은 지나간 해동解冬비에 모두들 부서지고 혹或은, 물에 떠내려가기도 해서 아침마다 학생學生들은 양말을 벗고 건너다.

3시時간째는 수학시험數學試驗을 보았다.

대략의 친우들은 별로 걱정스러운 기색氣色이 보이지 않았다.

모두들 학습장學習帳을 내놓고 문제를 해결解決하라 하기에 놓고 하여 생각하여 보아도, 도저히 풀기 곤란하여 ③번番만 대략大略하여 놓고 ①, ②번番은 풀지 못하였다.

나는 답답하여 "수학數學은 심산深山의 무궁화"無窮花라는 문구文句를 써서 내놓았다.

공납금公納金 6천6백환 지불支拂하다.

밤에는 심리心理시험 준비에 오래도록 앉았다가 잠에 취하여 아침을 맞이하였다.

아버지의 일기 86

1951년(檀紀 四二八四年) 4월 4일(四月四日) 수(水) 맑음

아침밥을 일찍이 지어 먹었다.

본교本校에서 조회朝會를 마치고 농업農業 선생님으로부터, 내일 4월 5일은 우리나라 식목 기념일植木記念日에 심을 묘목苗木을 준비準備하여 오라는 데, 대對하여 말씀을 듣다.

우리 사범생師範生은 또다시 분교分校로 가서 본교생本校生보다 유다른 대우로 책상을 놓고 수업授業을 받았다.

미술美術시간이다.

미술美術 선생님은 참으로 우리에게 너무나 지나친 교재教材로써 교수教授하여 주는데 의依해, 학생學生들로 하여금 불편不便을 갖게 하는 것이었다.

수입授業을 마치고 음악音樂 과외수업課外授業을 하여 보았다.

우리 남학생男學生은 5, 6명名에 지나지 않고 여학생女學生 전부全部였다.

또한, 한편 좀 부끄러운 생각이 일어났으나 밤에는 학교學校 근처近處에 계시는 '선배' 두 분이 오시어, 이성異性에 대한 많은 참고될 점을 이야기하시어 나에게는 많은 참고자료資料가 되었다.

아버지의 일기 87

1951년(檀紀 四二八四年) 4월 5일(四月五日) 목(木) 맑음

어젯밤 늦게까지 손님과 함께 놀았는지 아침에 늦게서야 일어났다.

우리들은 아침을 먹고 어제 준비하였던 묘목苗木을 가지고 학교學校로 갔다.

모두들 좋은 꽃나무, 많은 묘목苗木심을 때의 주의注意사항 몇 가지를 듣고 각各 담당구역擔當區域에 가서 심었다.

오늘 아침 조회朝會시간에는 여학생女學生 일인一人도 보이지 않더니, 늦게서야 비로소 두서넷씩 떼를 지어 침천정枕泉亭으로 가는 것이었다.

우리 사범과생師範科生은 식목植木을 다 마친 후, 읍방위본부邑防衛本部에 책상을 운반하러 가서 하나씩 어깨에 메고 침천정枕泉亭에 가본즉, 거기에는 선생님들이 교실敎室에 계시고 여학생女學生들은 밖에서 이곳저곳에서 무슨 이야기를 재잘거리었다.

남학생男學生은 많은 불편不便을 가졌다.

아버지의 일기 88

1951년(檀紀 四二八四年) 4월 6일(四月六日) 금(金) 맑음

　동생들은 집으로 가다.

　밤에는 주인댁主人宅의 손님인 배재중학培材中學 5학년생學年生과 같이 잤었다.

　아침은 이웃 김순익金淳益에게 부탁하여 지어 먹었다.

　등교登校하여 곧 학급學級 조회朝會를 마치고 좌석座席을 바꾸었다.

　다가오는 화요일火曜日, 심리心理시간에 시험試驗을 본다고 예정豫定하였다.

　오늘도 하교下校한 후, 집으로 와서 본즉 동생들은 집으로 갔었다.

　다만 학습장學習帳 정리로 인因하여 하루의 일과日課를 무심無心히 보내었다.

　밤에는 정현 형과 함께 자습自習하다가 아랫마을 박 형이 와서 여러 가지 이야기 등等을 하다가 잠을 못 이겨 그만 누워 버렸다.

　꿈에 돌아가신 '어머님'을 보다.

　그 반가움! 아침에 해 뜸과 함께 그 '어머님' 모습 간 곳 없이 이 자者에게 눈물을 흘리게 할 따름이다.

아버지의 일기 89

1951년(檀紀 四二八四年) 4월 7일(四月七日) 토(土) 맑음

나날이 온갖 초목草木들은 일시一時를 다투어 자라고 있다.

벌써 검푸른 보리들은 벌거숭이 산비탈에 한 가지 무늬를 놓고 학
교學校 화단花壇에는 지나간 그 폭격에 모두 부서지고 혹或은, 흩어진
조그마한 기슭의 화단에도 아무것도 보이지 않고 또한, 그 초목草木들
도 폭격을 피하느라고 자취를 감추어 버렸던 모습이, 봄이 찾아왔다
고 살금살금 변變해진 이 인세계人世界를 보려고 잎들은 또한, 이런 꽃
봉오리들을 내밀고 있다.

나는 학교學校에 가서 김한성金漢成 형의 말에 의依해 서署에 가보았다.

거기에는 죄인을 취조하는 등 여러 가지 사무계통의 사람들이 바쁘
게 사무事務를 보고 있었다.

거기서 나는 용무用務가 없어 곧 나오다.

수업授業을 마친 후, 작업作業을 하고 우리는 해산하여 자동차自動車
에 얹혀서 집으로 왔다.

아버지의 일기 90

1951년(檀紀 四二八四年) 4월 8일(四月八日) 일(日) 맑음

오늘은 일요일.

나는 오늘 심리시험心理試驗 준비準備를 하려고 아침을 먹자 곧 앞 학교學校에 가서 외우는 중, 후배 몇 명이 왔다.

그 후, 종진鐘眞과 종원鐘員이 찾아와 화동華東 김계수金桂守 결혼식結婚式에 참하參賀[103]하여, 화촉지전華燭之典[104]을 올리기 위하여 같이 가자 하기에 도리 없어 한참 생각하다가 마음을 크게 먹고 갔다.

가본즉, 몇 친구(7, 8명)에 불과不過하였으며 또한 기념품紀念品도 준비하지 못하여 들어가기에 부끄러운 생각 이루 말할 수 없었다.

거기서 그 음식물飮食物이야 굉장하였다.

참으로 기쁜 날이다.

연然이나 나로서는 진정 기쁨이 없었다.

왜냐? 나도 '어머님'이 살아 계셨다면…

---

103 결혼식에 참석하여 축하祝賀의 뜻을 나타냄.
104 화촉을 밝히는 의식儀式이란 뜻으로 혼인식婚姻式을 달리 일컫는 말.

놀던 중, 해는 서산西山에 떨어져 나는 먼저 혼자 출발出發하여 걸음을 빨리 하였다.

아버지의 일기 91

1951년(檀紀 四二八四年) 4월 9일(四月九日) 월(月) 맑음

아버지의 깨우는 소리에 잠을 깨고 보니 하늘에는 총명한 별들이 이 천지天地를 비춰고, 다만 부엌에서 고모님의 밥 짓는 불빛이 이 적막한 구만리九萬里 동리洞里에 반짝이고 있다.

나는 맛있게 먹고 하늘에서 비치어 주는 아기 별빛에 길을 찾으며 등에 쌀과 책을 짊어지고 나섰다.

유달리 일찍 일어난 노고지리 하늘 중천中天에 떠, 간밤에 '어머니' 혹或은 임을 잃었는지 혼자 노골노골 지저귀고 서쪽 어디로인지! 서당골 재[105]를 넘고 보니 그 별빛도 기약 없이 자취를 감추고 먼동이 터져온다.

나는 오면서 심리학心理學 Note를 보며 외웠다.

아침은 매우 좋다.

외우는 동안 어느덧 전봉산 힘찬 멧부리[106]에 만산蔓山 자취집에 다가왔다.

---

105 공검에서 상주로 가는 지름길이다.
106 산등성이나 산봉우리의 가장 높은 꼭대기.

아버지의 일기 92

1951년(檀紀 四二八四年) 4월 10일(四月十日) 화(火) 맑음, 흐림

　오늘 2시(時)간째 심리시험(心理試驗)이었다.

　이 시험(試驗)준비에 며칠간이나 힘자라는 대로 외우고 외웠다.

　연(然)이나 그 반면(反面)에 시험(試驗)문제는 아주 딴판이다.

　참으로 학술(學術)은 심산(深山)의 무궁화(無窮花)가 아닐 수 없다.

　본교(本校)에 작일(昨日), 미군(美軍) 보급선(補給線) 일중대(一中隊)가 하룻밤 유하고 오늘 6시경(時頃) 일보 전(一步前)에 '지프'를 앞세우고 또다시 올라가는 것이다.

　이제야 완전(完全)한 봄이다.

　담 모퉁이 이 구석 저 구석 숨었던 그 아름다운 고운 맵시를 이제야 완연(完然)히 나타나 이 봄에 한 자리를 차지하고 있다.

　하교(下校)한 후, 학습장(學習帳)을 정리하고 저녁밥을 맞이하였다.

　'방세(稅)' 4인이 합(合)하여 4천환 주인댁에 지불(支佛)하다.

아버지의 일기 93

1951년(檀紀 四二八四年) 4월 11일(四月十一日) 수(水) 비, 맑음

막 눈을 뜨고 밖을 나가본즉 비가 내렸다.

밖에 모든 것은 비를 맞아 매우 구슬프게 보였다.

내가 오늘은 식사당번食事當番이기에 일찍이 아침을 지었다.

요사이는 박병룡 군은 몸이 아파서 집에 가고 우리 셋이 하루의 일
과日課로 싸우고 있다.

본교本校에서 조회朝會할 예정豫定日이었으나 비가 와서 그만 침천정
沈泉亭으로 갔었다.

벌써 많은 친구들은 와서 기다리고 있었다.

나날이 아무 한 일 없이 하루하루의 시간을 보내어 오늘도 언제 해
가 졌는지 모르게 저녁밥을 먹었다.

우연히 우리의 인생人生 삶의 비애悲哀를 느끼다.

해는 지고 깨끗한 바람 따라 노래를 불러 보았으나 그 노래 역시 나
의 만족감을 주지 않고 슬픔을 가져오더라.

아버지의 일기 94

1951년(檀紀 四二八四年) 4월 12일(四月十二日) 목(木) 맑음

지금도 일기장日記帳에 붓을 옮기나 거기에 아무런 자극刺戟도 없으며 도움도 없는 듯싶다.

유달리 일찍이 학교學校로 갔다.

아직 아무도 오지 않았다.

조금 후에 여학생女學生들이 떼를 지어 들어오는 것이었다.

내려다보이는 상주읍尙州邑, 매우 조화調和있게 짜여 모두들 따뜻한 가정을 이루어 신성한 아침을 맞이하고 있다.

심리心理 선생님으로부터 작일昨日, 시험試驗 본 남녀 평균男女平均 점수點數를 발표發表하였다.

여기서 최고점最高點이 여학생女學生에게 있다고 말씀을 하였다.

우리는 부끄럽기 말할 수 없으며 나 자신 부끄럽고 누구에게 말할 수 없었다.

싸워보자! 그날까지 담임擔任 선생님이 내일 대구大邱 고향 가신다고 말씀하였다.

아버지의 일기 95

1951년(檀紀 四二八四年) 4월 13일(四月十三日) 금(金) 맑음

밥숟가락을 놓자 곧 배움으로 갔었다.

매우 일찍 하였다.

쉬는 시간이면 뒤 잔디밭에 구불면서[107] 동무들과 놀다가는 시간의
흐름으로 또 수업授業을 하는 것이다.

시간을 다 마치고 하교 시下校時에 김연권 선생님이 오시었다.

선생님은 매우 분개하신 얼굴(노안怒顔)로 우리에게 대對하였다.

그것은 다름이 아니었다.

이틀 전에 내가 쓰레기통에 선안善顔의 상象을 무의적無意的으로 그
리어 둔 것을 오늘에 거기에는 확실히 조작造作하고, 또는 글로 여러
가지 낙서落書를 한 것이 김 선생님에게 발견되어 조사調査가 되었다.

여기서 걱정의 침묵沈默이 계속되던 중, 어떠한 타교생他校生이 하였
다는 말에 의하여 선생님은 노怒하신 기분氣分을 조금 참으시고 종례
를 마치었다.

---

107 뒹굴다의 사투리.

나중에 나는 본교本校에 가서 김 선생님을 찾아서 사실事實대로 이야기한즉, 나의 뺨을 갈기었다.

나는 달게 받았다.

이것이 나에게는 좋은 지도指導라는 것을 생각하던 중, 또한 교감校監 선생님으로부터 나에게 참으로 뼈아픈 이야기를 하여 주시었다.

나는 마음속으로 결심決心하였다.

벌써 상중尙中에 입학入學하여 두 번째였다.

여러 선생님에게 미안함과 대구大邱에 가신 담임擔任 선생님을 대對할 면목이 없었다.

모든 것이 나의 잘못이다.

나로부터 원인原因이 되었다.

나로 하여금 우리 학급學級을 소란하게 만들었다.

석반夕飯을 먹고 곰곰이 반성反省하였다.

내일의 일과日課를 생각하였다.

아버지의 일기 96

1951년(檀紀 四二八四年) 4월 14일(四月十四日) 토(土) 맑음

작일昨日, 그 일事에 대對하여 궁금하여 일찍이 가서 김연권 선생님을 기다리었다.

기다리던 중, 마침 오시어 어제 일에 대對하여 반성反省을 하였다.

선생님 역시 나에게 기쁜 마음과 얼굴로 나를 훈도訓導하였다.

훈도訓導를 받고 난 후로부터 마음이 상쾌하였다.

오늘부터 깨끗한 생활生活, 새 출발出發을 하여 보자고 결심決心하였다.

오후午後에 운동장運動場 모래운반을 한 후로 곧 집으로 갔다.

갈 때는 여러 동무들과 도보徒步로 갔다.

날은 따뜻하여 우리의 걸음을 멈추어 주고 있다.

4시경時頃에 집에 도착到着하였다.

여기서 오리실 칠재七才 어른께서 세상世上을 떠나셨다는 말에 깜짝 놀라 곧 가보았다.

연然이나 벌써, 저 세상世上으로!

아버지의 일기 97

1951년(檀紀 四二八四年) 4월 15일(四月十五日) 일(日) 맑음

맑은 아침이다.

연然이나 집에 있어 봐도 반가워하고 기쁘게 하여 주는 이 아무도 없어, 토요일土曜日에 공부工夫하려고 예정豫定하여 책 몇 권을 가지고 왔으나, 그 책 읽지 못하고 그대로 아침을 먹고 구슬픈 고향을 떠나왔다.

언제나 그립고 정든 내 고향이 지금은 오직 눈물의 내 고향, 고독孤獨의 내 고향故鄕이 되고 말았다.

부친父親께서는 이 자者를 자식子息이라고 사랑하여 매씨妹氏로부터 책상을 짜놓았다.

그 책상 역시 나에겐 그리 반갑고 기쁘게 하여 주지 않았다.

'어머니' 안 계신 이 땅에는 마음 둘 곳 어디에도 없어 나에겐 남모르는 피눈물과 비애悲哀만이 있을 따름이다.

날은 매우 따뜻하다.

걸어오는 중, 어느덧 남적 재 마루에 올랐다.

여기는 매우 선하다.[108]

넓은 새리 들 주위로 낙동강洛東江 상류上流이며 남쪽으로는 그 높고 낮은 집은 납작 엎드리어 있다.

하숙집에 와서 본즉 1시경時頃이다.

창원 군의 이상異常, 오늘은 결혼結婚을 했음에도 불구不拘하고 집에 가지 않고 부모父母님의 걱정을 시키다.

(어찌 된 까닭인고?)

---

108 시원하다의 사투리.

아버지의 일기 98

1951년(檀紀 四二八四年) 4월 16일(四月十六日) 월(月) 맑음

창원 군과 둘이 새 아침을 맞이하였다.

이번 주일週日에는 주번週番이기에 일찍이 갔다.

교감校監 선생님의 훈화訓話 말씀, 참으로 현하現下,[109] 우리 남하南下
한 겨레의 설움을 말씀하시며 우리 학생學生들로 하여금, 그들에게 참
으로 겨레의 참된 정情으로 애호愛護하자고 말씀하셨다.

담임擔任 선생님이 대구大邱에 가신 관계로 학생學生들로 하여금 약간
의 자유自由스러운 빛을 띠게 하였다.

교육敎育시간을 심리心理시간으로 변경變更하였다.

오늘은 4시간으로 수업授業을 마치었다.

다시금, 본교本校로 와서 주감週監 선생님 허가許可를 맡아 집으로 오
는 중, 다시금 오늘의 일과日課를 반성反省하며 지나간 교감校監 선생님
의 나에게 하신 말씀을 생각하였다.

---

109 현재現在의 형편形便 아래.

밤이다.

석반夕飯을 마치고 이야기하던 중, 밖에서 떠드는 소리에 나가 본즉 귀운 형과 순익 군과의 말다툼으로 나중에는 좋지 못한 결과結果를 가지고 왔다.

밤에는 잠에 취하여 어느덧 동창東窓에 아침 햇빛과 함께 일어났다.

아버지의 일기 99

1951년(檀紀 四二八四年) 4월 17일(四月十七日) 화(火) 맑음

저녁노을 바라보며! 하숙집 텃밭 담 모퉁이에 어린 배꽃가지, 겨울 삼동三冬까지 조금도 꼼짝하지 않고 죽었던 그 가지에 차차 촉이 튼 후로 지금은 완연完然히 희고 흰 꽃잎을 벌려 웃고 있다.

그 이웃 옆에 외로이 섰던 복숭아꽃도 이제는 볼그레한 아름다운 잎을 벌려 온갖 '벌'이 여행旅行 오기를 기다리고 있다.

오늘도 우리 모르는 이 순간瞬間에도 온갖 초목草木들은 이 초춘初春을 맞이하기에 어느 곳 없이 자라고 있을 것이다.

참으로 이제는 확실한 봄! 금수강산 삼천리三千里에 봄은 찾아 왔건만, 우리 평화平和의 봄은 언제 찾아올 것인가! 점점 이 세계世界의 전세戰勢는 광廣범위하게 넓혀져 가고 있다.

'경보警報'

동양東洋의 전투작전 총사령관戰鬪作戰總司令官이신 '맥아더'[110] 원수元首
가 돌연히 이 자리를 물러가고 '릿치'[111] 중장이 이 일을 본다는 것, 대
구大邱 가신 담임擔任 선생님이 오시고 본교本校에는 또 미군美軍의 보급
대補給隊가 들어왔다.

110　맥아더[Douglas MacArthur] 장군.
　　태평양전쟁 미군 최고사령관. 제2차 세계대전이 일어나자 진주만을 기습한 일본을 공격하여
　　1945년 8월 일본을 항복시키고 일본 점령군 최고사령관이 되었다.
　　6·25전쟁 때는 UN군 최고사령관으로 부임하여 한국전쟁에 참전하여 인천상륙작전을 지휘하였
　　다. 하지만 중공군과 전면전을 두고 트루먼 대통령과 갈등을 빚어 해임되었고 "노병은 죽지 않는
　　다. 다만, 사라질 뿐이다."라는 말을 남겼다.

111　릿치 중장(리지웨이) [Mathew Bunker Ridgway]).
　　미국의 군인. 버지니아 주 출생. 1917년 웨스트포인트(West Point) 사관학교 졸업. 1932년 필리핀
　　총독의 기술 고문·1939년의 외교 사절로서 브라질을 방문하고, 제2차 대전 중 공정空挺 사단장으
　　로 북아프리카에서 시칠리아 섬·이탈리아 본토·노르망디로 전전, 1944년 제8공정 군단 사령관
　　이 되어 독일에서 싸웠다.
　　1946년 유엔 군사 참모 위원회 미국 대표가 되고, 미국 국방 회의 의장 1949~50년 참모 차장·
　　1950년 제8군 사령관이 되어 한국 전선에서 활약, 1951년 맥아더의 후임으로 연합군 최고 사령
　　관·유엔 총사령관·미국 극동군 총사령관이 되었다. 1952년 대통령 출마를 위해 사임한 아이젠
　　하워 원수의 후임으로 북대서양 조약(NATO)군 최고 사령관이 되고, 1953~55년 육군 참모 총장·
　　1955년 멜론 산업 연구소 소장이 되었다.

아버지의 일기 100

1951년(檀紀 四二八四年) 4월 18일(四月十八日) 수(水) 맑음

　달게 취한 새벽 잠 속, 들리어 오는 힘찬 닭 목소리에 잠을 깨니 벌써 날은 환히 새고 창문을 열고 보니, 저쪽 검푸른 보리밭에 일찍이 거름(오줌)[112] 흔치로온[113] 일 농부—農夫 신선한 아침공기를 잠뿍[114] 들이쉬면서….

　수학자습數學自習을 하는 동안 뒤 '너추리' 마을에서는 아침연기가 무럭무럭 일어났다.

　본교本校에서 조회朝會를 마치고 수업授業을 받았다.

　수업授業이 끝난 후로 담임擔任 선생님으로부터 소풍消風 갈 장소場所를 결정決定하라고 하는 중, 남녀학생男女學生간에 의의意義가 분분하였다.

　나는 우리 남학생男學生은 너무나 여학생女學生에게 끌리기 쉬운 그야말로 아주 유치한 상태狀態에 있지 아니한가 하는 감이 들었다.

　나는 나의 성격性格에서 좀 다른 뚜렷한 의지意志로서 생활生活하여

112　옛날 시골에서는 오줌통에 오줌을 받아서 밭에 거름으로 뿌렸다.

113　'뿌리러 온'의 사투리.

114　듬뿍.

가기에는 매우 어려운 것 같다.

　그야말로 아주 뼈아픈 정신적精神的 고민에서 헤매어 보았건만 그때의 그 결심決心, 지금은 어느덧 춘산春山에 눈 녹듯이 다 녹아 버려지고 마는 것 같다.

아버지의 일기 101

1951년(檀紀 四二八四年) 4월 19일(四月十九日) 목(木) 비

20일 새벽.

부슬부슬 비오는 소리에 밖을 내다보니 온갖 초목草木 씻어주고 자라게 하는 봄비다.

날마다 이른 아침이면, 이 동네 부인婦人네들이 물 길러 모여 서로들 여러 가지 생활生活하여 가는 온갖 재미스러운 이야기로, 이 우물의 조용함을 깨뜨리고 있으나 오늘 아침에는 언제 모두 다 길어 갔는지 다만 우물가에 춘우春雨만 내릴 뿐이다.

식사당번食事當番이다.

밥은 잘 지어졌으나 간장 관계로 모두들 맛있게 먹지 못하고 있는 중, 주인主人 모친母親께서 김치를 한 그릇 갖다 주시기에 너무나 미안未安한 생각 속에서 아침을 먹었다.

본교本校로 다녀가 본즉, 벌써 수업授業은 시작始作되었다.

하교 시下校時 담임擔任 선생님으로부터 소풍장소消風場所는 사벌면沙伐面 경천대警天臺라는 것이다.

여기에서 여학생女學生 일동一同은 매우 반反하였으나 어찌할 수 없이

결정決定되었다.

내일의 일기日氣 청명하기를 빌며 곧 꿈속으로….

아버지의 일기 102

1951년(檀紀 四二八四年) 4월 20일(四月二十日) 금(金) 맑음

　오늘은 우리 상주중학교倘州中學校 교외수업校外授業 소풍消風이었다.

　모두들 한 손에 중식을 쥐고 기쁜 얼굴로 교장校長 선생님의 훈화訓話 말씀을 듣고 출발하였다.

　사범과師範科의 장소場所는 사벌면沙伐面 경천대擎天臺*였다.

　가는 도중途中에는 길이 좁아 각각各各 흩어져 걸어갔다.

　어느덧 우리의 목적지目的地에 도달到達하였다.

　내가 여기에 왔던 것은 두 번째였다.

　그때는 자취 없이 흘러가는 국민학교 시절國民學校時節의 어느 날 우리들은 여기에 왔었다.

　그때 온 후로, 지금 5, 6년 만에 여기를 다시 찾아와서 보니 전前에 본 그 모습 그리 변變하지 않고, 오늘날에 모든 사람들의 경승지景勝地라 일컬어 사람들의 인파人波를 부르고 있다.

　우리 사범과생師範科生은 여기에서 좀 떠나 조용한 장소場所를 취取하여 미리 준비하였던, 술과 여학생女學生에게 부탁하였던 음식飮食을 놓고 오락회를 열었다.

놀던 중 호루라기 한 소리에 놀이를 마치고 정배와 같이 비춰주는
달빛에 길을 찾아 하숙집으로….

1951.4.20 경천대의 하로 사범과 일동

경천대

* 낙동강 경천대

· 주소: 경상북도 상주시 사벌면 삼덕리 산 12-3번지.
· 면적: 209,000㎡(63,223평)

영남의 상징이자 젖줄인 낙동강이 감싸 안은 '삼백의 고장' 상주는 성읍국가시대부터 사벌국, 고령가야국의 부족국가가 번성하였으며, 신라시대에는 전국 9주, 고려시대에는 전국 8목 중 하나였으며 조선시대에는 관찰사가 상주목사를 겸하는 등 웅주거목의 고도로 언제나 역사의 중심에 자리해 왔다. 또한 누란의 위급한 국난을 극복할 때에도 충과 효의 올곧은 선비정신을 앞세운 수많은 충신과 지사가 있어 자랑스러운 역사의 맥을 이어왔다.

　낙동강변에 위치한 경천대는 태백산 황지에서 발원한 낙동강 1,300여리 물길 중 경관이 가장 아름답다는 '낙동강 제1경'의 칭송을 받아 온 곳으로 하늘이 만들었다 하여 일명 자천대自天臺로 불리는 경천대와 낙동강물을 마시고 하늘로 솟구치는 학을 떠올리게 하는 천주봉, 기암절벽과 굽이쳐 흐르는 강물을 감상하며 쉴 수 있는 울창한 노송숲과 전망대, 조선 인조 15년(1637) 당대의 석학 우담 채득기 선생이 은거하며 학문을 닦던 무우정과 경천대비, 임란의 명장 정기룡 장군의 용마전설과 말 먹이통 등 이루 다 말할 수 없는 명승지와 유적지를 만날 수 있다.

　경천대 관광지 내에는 전망대, 야영장, 목교, 출렁다리, MBC드라마 상도 세트장, 어린이 놀이시설, 수영장, 눈썰매장 및 식당, 매점 등이 갖추어져 있고, 소나무 숲속의 아담한 돌담길과 108기의 돌탑이 어우러진 산책로와 맨발 체험장 및 황토길이 있으며, 인근에는 '전 사벌왕릉'과 '전 고령 가야왕릉', '화달리 3층 석탑', 임진왜란의 명장 정기룡 장군의 유적지인 '충의사', '도남서원' 등 여러 문화 유적지가 있으며, 상주활공장, 'MBC드라마 상도 세트장'(중동), 상주 예술촌 등이 있어 가족과 함께 편안한 휴식과 관광을 할 수 있는 최적의 장소(돌탑과 황토길)로 각광받고 있다.

아버지의 일기 103

다 쓰러져 가는 우리 가산家産, 실바람이 불어와도 넘어질 나의 가산불안家産不安 어디 가서 의지할 곳 없고 말 못할 기막힌 고독비애孤獨悲哀 속에서, 이 자者는 눈물을 머금고 일기장日記帳의 한 Page를 더럽혔다.

작일昨日, 원족遠足[115]을 다녀온 관계인지 아침에 몸이 매우 괴로웠다.

오늘로써 이번 주일週日도 끝맺는 날인 동시同時에 주번週番도 끝마치는 날이다.

수업授業을 시작始作하기 전前에 담임擔任 선생님께서 오시어 어제 소풍消風으로 말미암아, 우리들이 난폭亂暴한 행위行爲를 하였다 하여 매우 대노大怒하신 얼굴로, 많은 주의注意와 심지어 눈물을 머금고 뺨까지 올리시었다.

그 후, 또다시 훈육訓育 선생님이 오시어 많은 주의注意 말씀이 있었던 동시同時에 우리들은 작일昨日, 너무 질서秩序를 지키지 않아 담임擔

---

115 먼 길.

任 선생님으로부터 본교本校 여러 선생님들을 걱정시켰다.

곧 하숙집으로 와서 본즉, 동생들은 벌써 가고 서글픈 방만이 눈에 뜨일 뿐이었다.

나는 3, 4권券의 책을 찾아 아버지가 보고 싶고 그리운 내 고향에 가려고 이 집 사립을 나설 때, 주인主人 모친母親께서 맛있는 음식飮食을 주시어 염치불고廉恥不顧하고 맛좋게 먹고, 앞 후천교後川橋에서 자동차自動車를 타고 양정楊亭에서 내리어 힘없는 내 고향에 발걸음을 옮기었다.

집에 온즉, 그립던 누님이 오시어 반갑기도 하고 별안간 눈에 눈물이 핑 돌았다.

회갑回甲이 가까워오며 노쇠老衰하신 아버지, 이 못난 불초자식不肖子息을 위해 오늘도 들에 다녀오시는 것이었다.

연然이나 삼촌 숙부三寸叔父께서는 오늘도 전前과 변變함 없이 술에 마취되어, 동리洞里를 돌아다니며 나중에는 아버지와 싸움을 하시는 것이었다.

하도 기가 막혀, 누구에게 호소呼訴할 곳 없어 눈물과 함께 울음소리가 나왔다.

나는 결심決心하였다.

나의 성공成功의 날까지 이 모든 것이 우리가 없고 없는 까닭이다.

불쌍타!

무산無産인 우리 가정家庭의 극고통極苦痛[116]할 일이다.

흘러간 그 옛날에 '어머님'의 그 사랑이 그리워 눈물로 오늘 해를 보냈다.

슬픔에 찾아와서 슬픔에 가시는 누님의 모습, 동생으로 하여금 눈물짓게 하누나!

---

116 극히 심한 고통苦痛.

아버지의 일기 104

1951년(檀紀 四二八四年) 4월 22일(四月二十二日) 일(日) 맑음

불안不安감 속에 아침을 맞이하였다.

어디 가도 슬픈 속마음 풀 수 가 없었다.

부친父親의 밥상 위에 놓인 그 반찬 이 자者의 가슴을 애태우는 것이었다.

다만, 소금물과 쓴 쑥국만이 놓여 기막힌 우리의 가산家産을 알리는 동시同時에 이 불초자식不肖子息은 아버지에 대對할 면목이 없었다.

나는 곧 책보를 옆에 끼고 한없는 슬픔을 가슴에 안고 집을 떠났다.

나는 내 자신自身이 낙오자落伍者가 된 것 같고 오직 쓸쓸한 황야荒野만이 닥쳐오는 것 같아 외로운 마음 금하지 못하겠다.

마음의 고민苦悶을 느끼며 걸어오던 중, 어느덧 만산蔓山 자취하는 집에 왔다.

아직 아무도 오지 않아 나는 홀로 앉아 화학化學책을 읽고 연구하다.

중식은 순익에게 가서 같이 지어 먹었다.

공부工夫하던 중, 몸이 노곤하여 자려고 하는 데 창원과 정필이 오다.

저녁 할 나무가 없어 2천4백환에 한 짐 사다.

아버지의 일기 105

1951년(檀紀 四二八四年) 4월 23일(四月二十三日) 월(月) 맑음

날은 맑게 개이었다.

텃밭 복숭아나무, 배꽃나무에는 이제는 꽃이 만발하여 온갖 벌, 나
비들을 부르고 있다.

본교本校에는 상산학교商山學校 5, 6학년學年이 가교실假校室을 얻어 수
업授業준비를 하고 있다.

6학년學年은 내가 전前에 상산학교商山學校 교생 시校生時에 가르치던
그 아동兒童들이 공부하고 있다.

때때로, 이 아동兒童들은 만날 때 지나간 그때가 생각되었다.

그때, 그렇게 그 아동兒童들이 정답게 다니더니 요사이는 그리 반갑
게 대對하지는 않는 것 같다.

오늘은 2시간을 마치고 극장에 들어갔다.

'속리산俗離山의 새벽' 극장 안에는 벌써 많은 사람들이 모여 떠들고
있다.

곧 극은 시작되어 모든 대상對象들의 시선視線이 무대舞臺로 집중集中
되었다.

특히 나는 거기에서 나오는 인물人物, 남매男妹의 그 몹쓸 운명運命은 참으로 눈물겨운 비극悲劇의 장막을 초래하였다. 다 견학見學후, 마음 잡지 못하여….

아버지의 일기 106

1951년(檀紀 四二八四年) 4월 24일(四月二十四日) 화(火) 맑음

선명鮮明한 아침이다.

저 갑장산 봉우리에 막 넘어오는 전투기 3대가 오늘도 인류人類의 적敵을 무찔러 가기에 아마 새벽부터 나선 모양인 것 같다.

요사이 들리어 오는 전과戰果의 소식消息, 38선線을 넘어 맹렬猛烈한 전투戰鬪를 개시開始하고 있다는 보도報道, 우리들로 하여금 일선一線 장병將兵에게 감사와 아울러 축복祝福을 비는 바이다.

오늘도 아무 힘 없이 다 떨어진 신발에 떨어진 옷을 입고 등교하였다.

나는 왜! 이러한 처지處地에 직면直面하고 있을까? 오직 나의 가는 앞 길은 고독孤獨의 무대舞臺라는 것을 잊어서는 아니 될 것이다.

2시時간째에 도 장학사道奬學士 선생님께서 우리 공부工夫하는 모습 을 보시다.

그리고, 이제 곧 임시시험臨時試驗을 시작始作한다고 담임擔任 선생님 으로부터 말씀하시었다.

그 순간의 학급 일동學級一同은 모두 불쾌不快의 표현表現을 띠고 있다.

밤에 계획적計劃的으로 공부工夫하려고 하였으나 생리적生理的인 잠 으로….

아버지의 일기 107

1951년(檀紀 四二八四年) 4월 25일(四月二十五日) 수(水) 맑음

 붓을 들고 보니 쓸 것이 막연漠然하다.

 날마다 쓰고 보니 아무 유다른 일기문日記文이 되지 않아 맨 그 말 그 글을 쓰고 마는 것이다.

 동생들 몇 명이 놀러 와서 잠을 자기에 방이 매우 좁았다.

 사진 대금寫眞代金 3천환을 꾸다.

 본교本校에서 조회朝會를 마치었다.

 교장校長 선생님의 훈화訓話 말씀에 각자各者 자각自覺하라.

 자라는 남의 곡식穀食을 밟지 마라.

 남하南下한 우리 겨레를 애호愛護하자

 참으로 우리들에게 금언金言될 말씀이었다.

 교육시간敎育時間은 교장校長 선생님께서 출장出張하시어 수입授業을 받지 못하였다.

침천정枕泉亭의 뒤 언덕에 뾰족이 싹튼 삼동三冬추,[117] 지금은 노란 입술을 활짝 벌려 온갖 나비와 벌떼를 부르고 있다.

하교 시下校時 담임擔任 선생님으로부터 다가오는 주일週日에 시험試驗이 시작始作될 것이라는 말씀이 있었다.

자! 이제 시기時期는 왔다.

내가 언제 마음속의 그 남모르는 약속約束, 결심決心 이때다!

---

117 노지露地에서 겨울을 보내어, 봄이 되면 유채꽃이 핀다.

아버지의 일기 108

1951년(檀紀 四二八四年) 4월 26일(四月二十六日) 목(木) 맑음

시험試驗 기일을 앞두고 밤 늦게까지 공부하려고 붓을 들고 보니, 그 몹쓸 잠에 이 자者의 눈을 까불게[118] 하여 그만 '잠'의 노예가 되어 눕고 보니, 5시 종을 울리기에 일어나고 보니 이미 그 중요한 시간은 흘러 지금 얼마 아니 있어 밝은 새날의 아침을 맞이하게 되었다.

조식朝食을 먹고 최춘매 군을 기다리었으나 오지 않아 학교學校로 갔다.

4월 23의 전과보도戰果報道 (작전상作戰上 24K 후퇴)

---

118 졸리다.

아버지의 일기 109

1951년(檀紀 四二八四年) 4월 27일(四月二十七日) 금(金) 비, 구름

볼그레한 잎을 피어 그 화창하게 핀 복사꽃,[119] 아침부터 방긋방긋 웃으며 그칠 줄 모르며 온갖 벗 나무[120]를 부르던 복사꽃, 다른 온갖 꽃이 꿈꾸던 순간 유달리 일찍이 피어, 이 초춘初春의 반가움에 첫사랑을 하고 있던 그 아름다운 복사꽃이, 불과 한 '달'을 못 지나 새벽이슬 부는 미풍微風에 한 송이씩 차차 날려, 그만 낙하落下란 이름을 얻어 그 추지운[121] 땅 위에 떨어진 복사꽃, 남달리 일찍 피어 남달리 일찍 떨어지는 그 복사꽃, 나는 그 나무를 위로하는 것이다.

지금은 몇 송이 남은 꽃송이가 복사꽃이란 이름을 잊어버리지 않을 정도程度이다.

금방이라도 떨어질 모습을 가지고 있다.

비 내린 아침 나는 식사당번食事當番이다.

---

119 봉숭아꽃.

120 친구 나무를 이르는 표현이다.

121 축축하다.

최춘매 군이 일찍이 짐을 가지고 왔다.

곧 학교學校로 갔다.

벌써 교장校長 선생님이 교수教授하시었다.

시험試驗이란 두 글자로 남녀학생男女學生들의 우울성憂鬱性을 품고 있다.

아버지의 일기 110

1951년(檀紀 四二八四年) 4월 28일(四月二十八日) 토(土) 맑음

어제부터 내리는 꽃비가 오늘 아침에도 온갖 자라는 초목草木을 어루만지듯이 솔솔 내리고 있다.

앞 갑장산甲長山, 뒤 천봉산 그 씩씩한 모습 우뚝한 기세氣勢 아침 안개에 싸여 그 완연完然한 자태姿態 보일 듯 말 듯하다.

내리는 비를 맞아 가며 학교學校로 갔다.

수업授業은 3시, 하교 시下校時 고사 일정考査日程을 발표하시었다.

나는 불합격不合格이라는 지난 부끄러운 일로 인因하여, 그 사람은 나를 어떻게 비웃을 것 같은 감感이 들어 불쾌성不快性을 띠고 하루를 보내는 것이다.

본교本校에는 우리 국군國軍을 실은 자동차自動車가 운동장運動場에 들어왔다가 점호點呼를 마친 후, 곧 함창咸昌으로 출발出發하였다.

나는 곧 정완廷完에게 나의 화학숙제化學宿題한 답안答案을 찾으러 갔다.

오늘도 나무가 떨어져 주인댁에 부탁하여 고맙게 저녁을 지어 먹다.

아버지의 일기 111

1951년(檀紀 四二八四年) 4월 29일(四月二十九日) 일(日) 맑음

고사考査일을 앞에 두고 학습學習하여 보려고 작일昨日, 토요일에도 가지 않고 순익의 방에서 아침을 맞이하였다.

막 일어나자마자, 밤에 꿈이 매우 이상하여 집이 궁금해서 아무리 하여도 미심未審되어 곧 새벽에 집을 향向하여 갔다.

가는 한편, 내일의 시험일試驗日이 걱정되어 되돌아갈까 하는 마음이 일어났으나 모든 것을 뿌리치고 달리었다.

양정陽亭까지 가서 우리 동리洞里 한 아이를 만나 우리 집 문안問安을 하여 본즉, 모두 별다른 일이 없다 하기에 안심安心을 하고 그제야 발걸음을 느리게 걸었다.

집에 다다르니 아버지께서는 평안平安하시고 또한 부친父親의 얼굴을 보았을 때 기쁨의 반가움을 이루 말할 수 없었다.

함창咸昌계시는 숙부叔父 어른께서도 오시다.

오늘 공검국민학교恭儉國民學校 학예회일學藝會日이다.

어린 국민학생國民學生들이 웃음 띤 얼굴로….

곧 출발出發하여 만산리蔓山里에 다다랐다.

아버지의 일기 112

1951년(檀紀 四二八四年) 4월 30일(四月三十日) 월(月) 맑음

　오늘의 고사考査,[122] 국어國語, 수학數學, 물상物象를 위해 어제 밤늦게까지 자습自習을 하고 새벽에 일어나 본즉, 다 기울어져 가는 달님 저 서쪽 공간에 걸리어 있다.

　옆 텃밭 감나무 어린 잎, 아름다운 복사꽃 떨어지는 뒤를 이어 뾰족 뾰족 잎을 벌리고 있다.

　학교學校로 갔다.

　거기에는 벌써부터 많이 모여 서로들, 오늘의 시험試驗에 고민苦悶을 갖고 있다.

　국어시험國語試驗은 우리들이 자습自習한 데에서는 몇 문제 아니며, 모두가 상식적常識的인 문제로 그리 어려운 문제는 아니었다.

　3교시校時 물상物象이다.

　이것 역시 작일 야昨日夜[123] 좀 더 완전完全하게 확실성確實性 있게 자

122　시험試驗.
123　어젯밤.

습自習하였다면 가可히 어렵지 않는 문제問題이나 자신自信이 없었다.

완전完全 나의 실력實力을 가지자.

아버지의 일기 113

1951년(檀紀 四二八四年) 5월 5일(五月五日) 토(土) 맑음

오늘도 내 마음 저 높은 공간空間에 떠도는 구름! 모든 것이 싫고 이 속계俗界가 귀찮아 남모르게 혼자 앉아 가련한 나의 생애生涯를 원망하였다.

학교學校에서 지나간 추억追憶의 한 토막을 추상抽象케 하는 김종화金鐘和 형을 만났다.

이 형은 본교本校 4학년學年에 편입編入한 것이었다.

한편 반갑고, 한편 부끄러운 감感이 들었다.

수업授業을 마친 후, 이정배 군과 외서국민학교外西國民學校 학예회學藝會를 견학見學할 예정豫定으로 또한 누님 댁으로 다녀가려고 하였으나, 도중途中 벌써 다 마치었다는 아동兒童의 말에 나는 정배와 작별作別하여 집으로!

어쩐지 나의 발걸음 '어머니'로 옮기게 되었다.

생시生時에 그렇게 반가워하시던 '어머니' 모습, 지금은 다만 누런 황천黃泉에 한갓 쓸쓸히 흙무덤으로 약간의 잔디풀만이 이 자者의 가슴을 애태우는 것이다.

여기서 떠나기 싫고 나 언제 '어머니' 그 모습 어릴 때 어리광 부릴 때와 같이 나 마음껏 옆에 앉아 말하여 볼까! 아무리 울고 불러도 어디서 말 한 마디 없는 '어머니' 무덤, 낮이면 따뜻한 햇볕이 '어머니' 무덤을 옹호할 것이며 속인俗人의 하는 소리 듣겠지만! 밤이면 그 누가 옹호하여 줄 것인가? 아무것도 보이지 않은 어둡고 어두운 검은 밤이면 그 누가 한 마디 이야기할 것인가?

아! 무정無情타!

우리네 인생人生 조물주造物主도 한심도 하지 이러한 모순세상矛盾世上을 마련하였을까?

눈물을 흘리면서 다시금 붓을 쥔다.

남몰래 우는 나의 모습을 멀리서 한 부인婦人이 바라보며 그 부인婦人 역시, 나의 슬픔을 동고同苦하였는지 서서 있었다.

아니다.

이 넓은 세상世上에는 나보다도 더한 고독孤獨, 비애悲哀를 하는 자者가 있을 것이라는 약간의 이래심移來心[124]에서 집으로 갔다.

---

124 '마음을 달래다'로 해석된다.

아버지의 모습은 나로 하여금 눈물겹게 만들어 주었다.

근심걱정으로 말미암아 노쇠老衰한데다가 더욱더 노쇠하여졌다.

근간近間에 와서 밥 짓는 소녀少女아이 역시 아버지의 걱정을 더욱더 시키는 것이었다.

또다시 생각이 났다

내 자식子息이 아니면 아무리 하여도 안 된다

일— 계집아이 소녀少女가 왜! 불안감不安感 속에 하루하루의 일과日課를 보내시는 부친父親의 걱정을 시키는 것일까? 동리洞里사람들 모두 모여 사립을 나서며 우리의 가산家産을, 일 동리—洞里 부인婦人네들에게로부터 쓰러져가는 우리 집안의 일을 그들의 입으로 흘러나오게 하였을까?

아무것도 모르는 그 소녀少女, 죄罪 없는 그 소녀少女 아무 잘못이 없다. 결국結局은 다 넘어가는 우리 가산家産이 그 첫 성인成因이 될 것이다.

고모님이 지어주신 옷을 입고 등에 쌀을 짊어지고 곧 상주尙州로!

아버지의 일기 114

1951년(檀紀 四二八四年) 5월 7일(五月七日) 월(月) 맑음

온갖 초목草木들의 봄소식을 알리어주는 그 노란 어린 잎새 벌써, 지금은 여름이란 뚜렷한 하夏라는 글자를 만들었다.

학교學校 앞 후천교 사변事變으로 무너졌던 그 다리, 오늘은 전前과 같이 고쳐 놓았다.

과연, 우리나라에도 저러한 큰 공예술工藝術을 가졌다는 데, 대對하여 지금의 문명국가文明國家인 미국인美國人에게 부끄럽지 않았다.

수업授業을 마친 후, 곧 읍邑에 가서 본즉 마침 장날이었다.

시장市場에는 늦게까지 소물 품小物品을 놓고 팔리기를 기다리고 있는 우리 민족民族 부모형제父母兄弟들, 남하南下한 우리 동지同志 2세국민병二世國民兵, 다 죽어가는 얼굴로 며칠을 걸었는지 길가 더러운 쓰레기 통 옆에 피로를 휴식休息하기 위하여, 그냥 그야말로 호흡呼吸만 없으면 천단인天壇人[125]과 같은 모습에 잠들고 있었다.

학습장學習帳 3권(8백환) 사다.

---

125 석가모니가 해탈解脫 고행하는 모습.

아버지의 일기 115

 문을 열자 앞 냇가 버들나무[126] 솔솔 부는 그 바람에 넘실넘실 춤추고 어느새인지 공중 높이 떠돌아다니는 제비, 그 먼 강남땅에서 이 나라의 봄 경치를 보러 찾아온 그 수數많은 제비들, 전란戰亂으로 자기自己가 옛집을 짓고 한여름 동안 놀던 그 집 모두들 파破하여 지금은 쓸쓸한 터만이 남아있어, 그들도 그 집이 그리운지 높이 날아다니가 그만 저 멀리 사라졌다.

 나는 왜! 부끄러운 이름으로 입학入學하였는가?

 왜!

 모든 것이 후회막심後悔莫甚하다.

 차라리 이러한 운명運命이 닥쳐온다는 것을 알았더라면 나는 입학入學하지 않았을 것이다.

 나는 고립적孤立的 생활生活 이것이 나의 취取할 방도方途가 아닌가?

---

126 버드나무의 경상도 사투리.

아버지의 일기 116

1951년(檀紀 四二八四年) 5월 9일(五月九日) 수(水) 개임

작일昨日, 3천5백환에 나무 한 짐을 샀다.

주인主人 할머니께서 귀한 나물을 주시어 아침 조반朝飯을 유달리 모두들 맛있게 먹었다.

본교本校 조회 시朝會時에 교장校長 선생님으로부터 교감校監 선생님께서 김천고녀金泉高女로 전근轉勤 가신다는 말씀을 하였다.

나는 슬펐다.

그 선생님 참으로 나의 형편形便을 잘 알아주시고 고립孤立을 좋아하시는 분이셨다.

또한 '용단성' 극복克服할 수 있는 그 선생님께서 이 학교學校를 떠나신다는 말에 감개무량感慨無量하였다.

교육敎育시간에는 앞으로 10일 후에 교생실습敎生實習으로 읍국민학교邑國民學校에, 배치配置한다는 교장校長 선생님과 담임擔任 선생님으로부터 말씀이 있었다.

석반夕飯후, 재미나는 시조 몇 수를 외웠다.

아버지의 일기 117

1951년(檀紀 四二八四年) 5월 10일(五月十日) 목(木) 맑음

우주자연宇宙自然 사四철 변變함 없이 돌고 돌아 앞뒤 텃밭 그 화창함을 자랑하던 온갖 춘색의 꽃나무, 어제인 듯하더니 벌써 그 나무에는 녹음을 자랑하고 있다.

금일今日은 식사당번食事當番이었다.

곧 우물에서 쌀을 씻으려니 마을 젊은 부인婦人네들이 아침밥 짓기에 모두 모여 물을 길렀다.

나는 부끄러운 마음과 동시에 나의 신세타령이란 한 토막의 한심함이 일어나지 않을 수 없었다. 곧 학교學校로 갔다.

오늘은 극장에서 영화映畵가 있기에 2시간을 마치고 곧 출발하였다.

발성기發聲器의 고장으로 몇 시간 동안 먼지투성이 속에서 기다리던 중, 결국 견학見學하지 못하고 돌아오다.

중식 후, 방房을 청결히 소제掃除[127]하였다.

---

127 청소.

아버지의 일기 118

1951년(檀紀 四二八四年) 5월 11일(五月十一日) 금(金) 맑음

완연完然한 여름이다.

동리洞里 사람들 모두들 상의上衣를 벗고 '난닝구'[128]만을 입고 돌아다니며, 이리저리 떼를 지어 경지耕地를 찾아다니며 우물가에는 개구리의 음악音樂하는 소리 밤이면 요란하게 울고 있다.

침천정枕泉亭의 뒤 텃밭 한동안 그 사치함을 자랑하던 삼동 추, 지금은 결실結實을 준비準備하고 있다.

하교 시下校時 담임擔任 선생님으로부터 미납금未納金에 대對하여 말씀이 있었다.

나는 내 일생一生을 통通하여 아마 경제적經濟的 타격을 벗어날 수 없을 것이다.

집으로 오는 도중途中, 나는 담임擔任 선생님에게 나의 이 기막힌 사정事情을 말씀드리었다.

담임擔任 선생님 역시 나의 사정事情을 모르는 것이 아니라 될 수 있

---

128 러닝셔츠.

는 대로 면제할 수 있으면, 한다는 말씀에 나는 한갓 힘을 얻은 것처럼 기쁜 마음이 일어났다.

아버지의 일기 119

1951년(檀紀 四二八四年) 5월 12일(五月十二日) 토(土) 맑음

침천정枕泉亭에서 수업授業을 마친 후, 곧 본교本校로 돌아와 본교생本校生 야외비상반野外非常班을 조직組織하는 것을 견학見學하였다.

그 후後, 전교생全校生 대청소大淸掃를 하였다.

담임擔任 선생님으로부터 미납금未納金에 관계되는 사람들은 불러, 교장校長 선생님으로부터 주의注意말씀을 들어야 하기에 방과放課후, 남아서 교장校長 선생님의 주의注意말씀을 들었다.

교장校長 선생님 역시 매우 어려우신 가정家廷에서 태어나시어, 가난한 사람들의 그 사정事情을 모르시는 교장校長 선생님이 아니시었다.

그리하여, 우리들에게 동정심同情心에 우러나오시는 말씀으로 이야기하시었다.

나는 이 말씀을 달게 받고 곧 하교下校하여 1학년생學年生과 같이 내 고향故鄕으로 발걸음을 옮기었다.

날은 벌써 완연完然하게 여름날이 되었다.

어떻게나 내리쏘이는 햇볕에 이기지 못하여 나무 그늘에 쉬어서 갔다.

밤에는 국민학교國民學校의 숙직실宿直室에서 밤을 새웠다.

동산東山에 떠오르는 아침의 해님, 전前에는 희망希望에 넘쳐흐르는 아침 해님, 모든 하루의 일을 해님과 함께 즐기며 생활生活하였으나 지금 나의 생활生活은 그 웃음 띤 아침 해님이겠마는, 지금은 그 해님도 원망하는 해님으로 변變해지고 말았다.

중식을 먹은 후, 곧 부친父親에게 일금一金 1만2천환이란 돈을 얻어 사립을 나섰다.

밤에는 이완희李完熙와 지난 국민학교國民學校 학생시절學生時節을 또다시 회상回想하며, 추억追憶담을 이야기하며 어느덧 잠이 들어 밝은 아침을 맞이하게 되었다.

작일昨日, 학습지도안學習指導案을 쓰던 것을 아침에 완전完全히 작성作成한 뒤 본교本校에서 조회朝會를 마친 후, 수업授業 5시간時間을 마치고 하늘에서 뿌려주는 비를 달게 받으며 저녁 석반夕飯을 마치었다.

아버지의 일기 120

1951년(檀紀 四二八四年) 5월 15일(五月十五日) 화(火) 비

농촌農村 사람들은 날마다 비오기를, 사寺에서는 4월 8일을 기하여 부처님께 기도드리며 속계인俗界人들도 비 오기를 한恨없이 기다리던 중, 오늘에서는 작일昨日 저녁부터 내리기 시작始作하여 오늘 아침에는 센 빗줄기로 모든 초목草木들을 씻어주고 메마른 논에는 물이 가득하기 시작始作했다.

매우 반가운 비다.

전답田畓에는 농촌인農村人들이 삿갓을 쓰고 서로 자기自己 전답田畓의 물을 방비防備하기에 바쁜 모습이었다.

학교學校에 가본즉, 모두들 추리한 옷을 입고 책보를 옆에 끼고 모여드는 것이었다.

오늘은 습자시험習字試驗 평시平時에는 남에게 뒤지지 않게 썼으나 청서를 하는 데는 글자가 이상하였다.

저녁까지 비는 그치지 않고 내리기 시작始作하였다.

아버지의 일기 121

1951년(檀紀 四二八四年) 5월 16일(五月十六日) 수(水) 흐림

비 내린 아침이다.

온갖 생장生長을 자랑하는 초목草木들, 한층 더 완연完然한 자태姿態로 보였다.

본교本校에서 조회朝會할 예정豫定이었으나 작일昨日 비 온 관계로 오늘 아침도 약간 빗방울을 내리기에 조회朝會는 없었다.

음악시험音樂試驗을 보았다.

아닌 게 아니라, 여학생女學生들 앞에 노래를 부르기에는 참으로 마음의 굳은 약속約束이 없이는, 자기自己 실력實力껏 표현表現하기 어려운 것이었다.

다른 친우親友들 모두 그 여학생女學生의 노래를 들으려고 기다리었으나 나는 홀로 집으로 발걸음을 옮기었다.

도중途中, 이종진이를 만나다.

시험試驗이 끝난 후로, 마음이 게을러 요사이는 책 1권卷도 읽지 못하고 그날그날을 보내고 있는 것이다.

석반夕飯 후, 고병문高炳文이 왔었다.

…들을 마음은 주 부 하 였 에 시
…정든 山川을 뒤 흘 으로 물 려 오 시기

遠한 勝利의 태 구 가 발 아래에
멀 리 니 그들의 貴傳, 반 항 하 오 심 기
…란, 헌 아 란, 눈 내 리 든, 地獄 땅 에 서 ┄┄
웃 한 父母 妻 子 의 눈 라 롯 버 리 고 오 적
…는 故鄕 山川을 뛰 던 떠 났 든 그들은 ᐧᐧ
…들의 길은 因緣 (이 연) 이 라 오 족 하 라?
…는 것을 마음을 개 앙 을 깟 다
기에 부 오 쳐 자 들을 自己 子息을 非別
…음으로 흘 燕 받 한 모 쳐 이 엇 다 ᐧ
…祖國 룡 일에 한 사람 이 라 도 싸 워 보 겠 단 든
이 여 방 위 軍 三十 名 이 그 리 운 그 향 땅 을 버
리 가 들 려 어 오 며 나 가 본 즉 많 은 사 람 들 이
…안 주 위 를 무 름 쓴 길 에 서 사 람 들 의
…하 지 다 然 이 라 주 위 를 살 이 마 이 암 아 독 서 차 요

일기日記를 접으면서

65년 동안 묻혀 있었던 아버지의 일기를 처음 꺼내어 설렘과 망설임으로 세상에 빛을 보게 되었을 때, 그동안 마음에 두고 있었던 짐을 풀어 놓은 듯한 홀가분한 느낌이 들었습니다.

세월이 흘러서도 일기를 제대로 번역을 할 수 없는 무지함을 탓하기도 하였습니다.

그동안 많은 분들의 격려와 사랑으로 121회를 끝으로 더 이상 연재할 수 없다는 게 안타까울 뿐입니다.

아버지의 일기는 어떤 문학작품이나 소설이 아니라서 감동이나 재미가 없을 수도 있습니다.

하지만, 우리 세대가 아닌 아버지 세대에서 겪었던 시대상황을 일기를 통하여 조금이라도 알 수 있었으면 합니다.

불운의 시대에 짧은 삶을 살다 간, 한 지식인의 고뇌하는 삶을 이해하고 아버지의 일기를 통해서 효孝에 대하여 다시 한 번 생각할 수 있는 기회가 되었으면 하는 작은 바램입니다.

그리고 일기를 통하여 잊혀져간 인물에 대하여 다시 한 번 재조명을 받았으면 합니다.

공갈못* 연밥사랑방에서 아버지의 일기를 사랑해주신 사랑방 회원님들께 감사를 드립니다.

그리고 공검초등 20회 홈지기 권재규 님과 20회 선배님들께도 감사를 드립니다.

특히 커피 한 잔의 여유에서 많은 사랑을 보내주신 이창녕 교장 선생님, 20회 박수 선배님과 커피 한 잔의 여유 회원님 여러분께도 진심으로 감사드립니다.

이제 아버지의 일기를 책으로 발간하여 많은 분들에게 드리고 싶습니다.

그동안 아버지의 일기를 끝까지 사랑해주신 모든 분들께 다시 한

번 진심으로 감사드립니다.

2016년 丙申年 봄

1955년 아버지(24세), 어머니(23세), 누나(숙렬 3세)

공갈못恭儉池 유래

1 공갈못(공검지恭儉池)은 상주 함창의 역사와 운명을 같이 해 왔으며, 현재 공갈못의 위치는 상주시 공검면 양정리 199번지 일대에 있다.

예로부터 이 '공갈못'을 일컬을 때 상주 함창이란 두 지명이 어김없이 관형사처럼 붙어 다니는 것에는 그만한 연유가 있다.

상주는 3세기경인 서기 184년에 건국되어 약 60여 년간 읍성국가로 존속했던 사벌국의 고도였으며, 함창은 1세기경에 건국되어 약 2세기 동안 존속한 고령가야의 고도古都였다.

이후 함창은 신라 때 고릉군古陵君으로 하였다가 경덕왕(재위 742~764) 때에는 고령古寧으로 개칭하였고, 고려 광종 15년(964년)에는 함녕咸寧이라 하였으며, 현종 9년(1018년)에 전국을 8팔목八牧으로 개편할 때 상주는 그 중의 하나가 되고, 함녕은 군郡이 되어 상주목尙州牧에 속하게 되어 함창咸昌으로 개칭되었다.

이때로부터 '공갈못'은 상주 함창 공갈못으로 불리게 되었다.

다시 명종 2년(1172년)에는 함창에 감무監務를 두었는데, 1195년 상주尙州 사록司錄 최정분이 옛 규모를 따라 '공갈못'을 대대적으로 중수하여 영남 제1의 호수로 각광받게 되었다.

1914년 행정구역 개편에 따라 함창군 내면 모두가 상주군에 속하게 되었고 이때 '공갈못'은 다시 상주군 소유가 되었는데 이 공검면은 못의 이름을 따서 생긴 면이다.

역사적으로 볼 때 '공갈못'은 1세기경 고령가야국 시대부터 10세기 초엽까지는 상주와는 인접한 함창의 못이었던 것이 고려 현종 9년(1018년)부터 1894년까지는 상주 속현인 함창의 못이었으며, 1895년부터 18년간은 다시 함창의 못이 되었다가 1914년 이후부터는 상주군의 소유가 되어 현재에 이르고 있다.

이 '공갈못'은 삼한시대 내지 고령가야국 시대에 축조된 것으로 알려졌으나 더 이상의 상고할 자료가 없으며 다만 1195년에 상주 사록 최정분이 옛터를 따라 중수한 사실은 확실하다.

못 둑의 길이는 860보요 둘레가 1만6천6백47척의 거대한 호수였기에 "볶은 콩 한 되를 하나씩 먹으며 못가를 돌아도 콩이 모자란다."는 속전(俗傳)이 있을 정도였다.

이 뒤로는 보수나 중수의 기록은 보이지 않고, 고성겸(高聖謙, 1810~1886)은 〈검호관어(儉護觀魚)〉 시에서 "무수한 어선이 금수(錦繡) 가운데 떴네"라고 하였으니 19세기 말기까지 이 못은 영남 제1의 호수로 그 명성을 유지해 왔음도 알 수 있다.

그러나 만물은 그 명이 있는 것인가, 고종 광무년간(1897~1906)에 한성부윤을 지낸 총신 이채연李采淵의 진언에 따라 둑을 터 논을 만드니 '공갈못'의 위용은 사라지고 거의 황폐화되어 5만7천 평 정도로 축소되고 말았다.

게다가 공검 수리조합에 의해 1959년 12월 31일에 오태저수지五台貯水池가 완공되면서 '공갈못'의 효용가치가 없어지자 주민들의 완전 경지화 또는 다소라도 보존하자는 찬반 논란이 비등하게 되었다. 우여곡절 끝에 1964년에는 2천여 평만 남기기로 결정을 보았으며 1968년에는 함창농지개량조합에서 '공갈못 옛터' 비를 세워 역사적 현장임을 알리었다.

1993년에야 '공갈못'의 존재 의의를 깨달은 상주군에서 군비로 넓이 3,938평의 못을 개축하였으나 초라한 정도다.

흥망성쇠가 사람 일에만 있는 게 아니라 생각하면 '공갈못'의 변천사야말로 이 민족, 이 향토민의 문화의식 범주에서 벗어나지 못하였음을 새삼 확인할 뿐이다.

'공갈못'은 최적의 자연 조건을 이용한 저수지로 사람의 힘으로 둑을 쌓은 부분은 불과 860보에 불과하였다. 못 둘레가 근 1만7천 척인데 비해 이 길이는 극히 일부분에 불과하니 선인들이 이 못을 자연 호수처럼 노래한 것도 무리는 아니었다고 하겠다.

이 못의 위치로 보아 농경사회가 미개한 때부터 못 일대는 완전 늪지대였을 것이 분명하며 자연적으로 소규모의 여러 못이 형성되었을 것이 틀림없다. 그러다가, 함창이 고령가야의 도읍이 되면서 관개의 필요성이 절실해지자 이 늪지대에 인공을 가미해 대저수지로 만들었을 것이다.

이 못을 에워싼 산세를 현재의 공검지를 중심으로 살펴보면, 동쪽은 솔티 재로부터 오봉산 정상까지 가로막아 화동, 역곡리의 물이 공검지의 수원이 되었고, 북쪽은 숭덕산이 앉아 율곡리의 모든 물을 공검지로 보내었으며, 서쪽은 국사봉(337.7m)이 가로앉아 부곡, 동막, 병암리의 모든 물을 공검지로 보내었으며, 서남쪽은 오태 오봉과 노음산(725.4m)의 거대한 지맥이 북으로 뻗쳐와 덕산(190.3m)을 세워 공검수원으로서는 최대의 물을 공검지로 보내었으며, 남쪽은 천마산이 동서로 지맥을 벌여 무지산을 앉혀 양정리의 물을 또한 공검지로 보내었다.

공검지는 바로 이들 동서남북의 산이 에워싼 가장 낮은 지대에 위치한 천연의 분지다.

구만 계곡의 물이 이 못으로 모이는데 그 중에서도 가장 풍부한 수원은 동막, 병암, 오태, 양정리의 물이 다 모이는 구만리九萬里라고 하겠다.

공검지에 담수된 물은 오직 한 곳으로밖에 흐를 데가 없으니 현재 양정리 버스 정류장 쪽뿐이다.

옛 못 둑은 현재의 못 둑과 그 위치가 다소 다를 수 있으나 대체로 그 근방으로서 860보였다고 하지만 지형상으로나 옛날 여러 시인들의 시문을 보면 옛날 못의 규모가 얼마나 장대했는지는 능히 상상할 수 있다.

공갈못 연밥 따는 노래

상주 함창 공갈못에
연밥 따는 저 처자야

연밥 줄밥 내 따줄게
이내 품에 잠자주소
잠자기는 어렵잖소
연밥 따기 늦어가오

상주 함창 공갈못에
연밥 따는 저 큰아가
연밥 줄밥 내 따줌세
백년 언약 맺어다오
백년 언약 어렵잖소
연밥 따기 늦어간다

2 공갈못(공검지)은 제천 의림지, 김제 벽골제 등과 같은 시대
인 삼한시대에 수축修築된 저수지로 역대 여러 차례의 보수
를 하였으나 구체적인 내용은 밝힐 길이 없고, 다만 고려 명종 때 최
정분이란 분이 고쳐 쌓았는데 못 둑의 길이가 860보이고, 못 주위의

길이가 1만 6,647척으로 상산지에 기록되어 있다.

이 못에 물이 차면 수심이 다섯 길이나 되었고, 서쪽 못 가로는 연꽃이 만발하는데 그 절경을 중국의 전당호에 비길 정도라 했다.

전설에 의하면 이 못의 얼음 어는 것을 보고 흉년, 풍년을 예측하였다고 한다.

또 정월 열 나흗날 밤, 소들이 땀을 흘리는데 그것은 밤을 이용하여 소들이 못에 얼음을 갈기 때문이라고도 한다. 또 경주 용담의 암용이 공갈못 수룡에게 시집온 이야기도 있다.

또 볶은 콩 서 되를 하나씩 먹으면서 말을 타고 못 가를 돌아도 콩이 모자란다는 말도 있다.

속설에 "저승에 가도 공갈못을 구경하지 못한 사람은 이승으로 되돌려 보낸다."고 하였다.

함창 읍지에는 이 못의 서반에는 몇 리에 걸쳐 연꽃이 피어 있으며 마치 중국의 전당호를 방불케 하는 풍취를 지녔다고 하여 그 아름다움과 연꽃의 풍광을 말하여 주고 있다.

그러므로 예로부터 이곳을 찾는 사람들은 주옥같은 글을 남기어 그 아름다운 풍광을 연상케 하여 준다.

이 못의 이름이 '공갈못'이라 부르게 된 것은 못 둑을 쌓을 때 '공갈'이라는 아이를 묻었다는 매아설화埋兒說話에 의하여 붙여진 것이라고 한다.

이와 같이 향민들은 이 못을 신비롭고 영험스러운 영지로 신앙하여 왔다.

이제는 이와 같은 전설과 연밥 따는 노래가 공갈못을 상기시켜 줄 뿐 못은 논으로 변하여 그 모습과 풍광을 찾을 길이 없다.

다만, 옛 못을 알려주는 비석이 옛 못 둑에 외롭게 서서 이곳을 찾아주는 나그네의 발길을 멈추게 하고 서운한 발걸음을 되돌려야 하는 곳이 되었다.

공갈못 하면 곧 우리 '어머니'를 연상케 하는 것은 연밥 따는 노래 때문인지도 모른다.

이 노래는 공갈못을 배경으로 하여 형성된 민간의 노래로 지방성과 토속성을 짙게 띤 민요의 성격으로 이 노래의 내용은 연정, 사친, 완월관어, 호련 등의 유형을 이루었다.

형식으로는 기본형, 복합형, 생략형, 후렴 첨가형 등이 형태를 보이고 있다.

이 노래는 동남동녀를 대상으로 한 한국 민요의 대표할 만한 노래군이라 할 수 있다.

  이 노래군이 상주, 함창을 중심으로 한 이 지역에서 전승 보존되는 이 지방 특유의 무형 문화재로 귀중한 가치를 지닌 것이라 할 수 있다.

공갈못 노래비(2003.2.)

공갈못 옛터비(2003.2.)

2009년 발견된 세계 최고(最古, 1400년 전)의 목재수리시설이
상주 공검지 역사관에 보존되어 있다.

아버지의 일기

오태저수지는 공갈못 폐쇄 뒤 1959년 축조한 농업용 저수지이다.

아버지의 일기日記 후기

　이 글은 2002.10. 공갈못 연밥사랑방 및 공검초 26회, 양정초 1회, 공검중 1회, 재구공검면향우회 밴드와 카카오스토리에서 공개한 〈아버지의 일기〉를 읽고 난 분들께서 올려주신 소중한 글로, 일기와 함께 남기고 싶습니다. 이 분들의 관심과 격려로 일기를 출간할 수 있는 큰 힘이 되었습니다.

• **이창녕**(상주 공서초등학교 교장 선생님), **2002-11-15**
　윤한 씨 보금자리에 노크도 없이 들어왔습니다. 집사람 손 잡고 둘이서 같이 왔습니다.
　아기자기 자기아기 좋습니다.
　하하하. 요새 윤한 씨 아버님 일기가 이야기 제1호입니다.
　그만큼 일기가 청정하고 가식이 없다는 게 중평입니다.
　그리고 작가님들이 많이 방문할 것 같습니다.

어쨌든 아버님의 일기를 잘 간직한, 윤한 씨의 효심어린 마음이 참으로 대견합니다.

어쩌면 버릴 수도 있었던 것인데….

윤한 씨 마음의 깊이를 느낍니다.

이 가을이 더욱 행복했으면 합니다.

- **권재규**(공검초등 20회), 2003-03

쉽지 않은 용단에 감사하고 그동안 퍽이나 고생이 많았네. 많은 이들의 마음에 양식이 됐으리라 믿네. 지독히도 배고픈 시절이 때로는 충격으로… 때로는 추억으로… 때로는 각오로….

우리 앞에 새로운 패러다임으로 정리되기를…. 진심으로 감사합니다.

- **커피 한 잔의 여유**(상주 공서초등교장 이창녕), 2003-03

잊혀져 가던 기억 저 너머 이야기들을 새롭게 되살려 오늘을 사는 우리들 삶을 되돌아볼 수 있게 한 소중한 글이었습니다.

아버님의 소중한 일기를 세상에 공개한 윤한 씨의 용기 있는 결단으로, 요즈음 젊은이들에게 어두운 시절의 역사를 조금이나마 알게 되었으리라 믿습니다.

책으로 출간하여 더 많은 사람들에게 읽혀져 어려운 시대를 살았던 한 지식인의 고뇌와 진솔한 삶의 이야기를 접할 수 있기를 기대해 봅니다.

그동안 어려운 여건 속에서도 하루도 빠짐없이 아버지의 일기를 탑재해 준 윤한 씨에게 깊은 감사의 인사를 전합니다.

그리고 앞으로도 더 좋은 이야기로 다시 만나기를 기원하면서 다시 한 번 고맙다는 인사를 전합니다.

- 이숙자(sookja0811), 2002-11-17 00:29

  아버님의 일기를 여직 보관했다니 놀랍구나….

- 이창호(lcho2002), 2003-01-10 14:25

  구구절절 그 시대의 생활과 역사상이 아스라이 펼쳐지는… 너무 서정적이며 감동적입니다.

  이윤한 선생님의 훌륭한 선친의 일기 글이 많은 사람에게 알려지길 기대합니다.

- 이창호(lcho2002), 2003-01-23 10:17

  한 시대 지식인의 진솔하고 눈물겨운 일기장, 오늘을 사는 우리에게 효의 진정한 감동이 무엇인지 가슴 깊게 다가왔습니다.

- 민경호(minkh33), 2003-03-06 오후 5:53

  감사합니다. 그동안 많은 것을 생각게 하고 다시금 과거를 되돌아볼 수 있는 좋은 기회였습니다.

- 이미정(windgirl4652), 2003-03-06 오후 9:47

  그동안 잘 읽었습니다. 시삽님도 글 올린다구 수고했습니다.

  좋은 책으로 나오길 기다릴게요.

- 이종훈(bigjohn2), 2003-03-08 오전 1:22

  책 나오면 보내 주거라. 장한 일을 했다!

- **최진규**(choi2927), 2003-03-08 오후 9:00

  전후세대인 우리가 알 수 없었던 그 당시의 공검 주변의 전쟁 상황, 생활상황 등을 비롯해 주변인물까지 많이 알게 되었다.

  아마 지금도 생존해 계신 분들께 여쭤보면 기억이 생생하시겠지.

- **권금숙**(rmatnrrhdwn), 2003-03-08 오후 9:11

  스쿨활동 하느라고 고생도 했는데 아버지 일기까지 정말로 고생 많았어.

- **이원병**(lwb20), 2003-03-08 오후 9:56

  아버지 일기가 빛을 발할 수 있도록 노력하는 네 모습이 정말 멋있다.

- **김영심**(fall417), 2003-03-10 오전 12:47

  알 수 없었던 50년대를 아버지의 일기를 통해 알게 되어 고마웠구요… 책 나오면 오빠 부탁할게요…^^* 그동안 고생하셨죠? 그래도 맘은 많이 홀가분 할 거예요…^^*

- **이창호**(lcho2002), 2003-03-10 오전 11:08

  인터넷, 글로벌시대를 살아가는 요즘 가족과 효와 특히 암울했던 50년대 생활상을 통해 최근 부각되는 세대차(2070, 3080)를 서로 이해하는 데 도움이 되리라 생각합니다.

  곧 나올 책을 동해 현지 생존해 계시는 외가 어머님을 비롯해 외가댁 주변 분께 옛 추억을 더듬어 주고 싶습니다.

  그동안 무척 감명 깊었습니다.

- **유양순**(yys107701), 2003-03-11 오전 12:06

  아버님에 대한 끈끈한 정이 듬뿍 묻어나더이다. 따스함이 아련히 님들의 마음까지 적셔지더이다. 그 시대의 암울함도 느껴지더이다.

- **권용순**(wxupl), 2003-03-24 오후 11:27

  돌아가신 부모님께 큰 효도를 하셨습니다. 그간 수고 많이 하셨어요.

- **황금숙**(howngks), 2003-08-18 13:58

  효심에 가슴 뭉클했습니다. 후배님 아버님이 돌아가신 무렵에 제 아버님도 세상을 뜨셨거든요. 홀로 남아 자식들을 키우신 어머님들의 고생에 다시 한 번 감사를 드립시다.

- **권용순**(wxupl), 2005-06-02 09:36

  아~ 그때 그 모습 사진으로 뵙니다. 당시 정말 미남이시고 자상하셨죠.

- **오혜영**(osilvia), 2005-10-31 오전 9:39

  지금까지 아버지의 일기 38번까지 읽었습니다. 잔잔한 감동이 눈을 돌릴 수 없게 만듭니다. 꼭 책으로 발간되어 볼 수 있게 되길 바랍니다.

- **조영숙**(cho2520), 2005-12-18 23:51

  진눈깨비 오던 날, 마음마저 슬퍼하심이 가슴에 닿는군요. 이제서야 차분히 읽어 봅니다. 귀한 글, 선생님의 마음을 이렇게 접할 수 있어 영광입니다.

- 조영숙(cho2520), 2005-12-18 23:59

  너무나 짧았던 생이 안타깝군요. 아마 좋은 곳에서 가족들의 안녕을 지키셨을 것입니다.

- 박수(ps177), 2006-07-01 오후 12:19

  너무 아깝습니다. 한숨밖에… 아들이 뒤를 이어 잘 살아가시길 빕니다.

- 이숙렬(lsl4780), 2007-06-26 09:50

  보고 싶은 아버지… 늘 그립습니다~~

- 고춘자(浦澤春子), 2013-08-06 오후 7:24

  단편영화를 본 것 같다. 고독한 한 청년의 모습.

- 김지택, 2013-08-07 오전 10:35

  후배님 귀한 아버지의 일기를 잘 보관하시고, 늘 이버지의 향기가 넘치는 귀한 보배군요.

- 이숙자, 2013-08-12 오전 11:42

  아버지의 일기를 잘 보고 있네. 옛 시대를 생생이 보는 것 같아.

- 이상윤, 2013-08-14 오진 8:56

  일기를 보니 전쟁도 우리 쪽으로 유리하고 학교 내력도 알고 참 일기가 이렇게 소중하구나 생각하게 되는구나.

- 이순임, 2013-08-14 오전 10:42

  전쟁을 겪지 않은 우리들로서는 이런 귀한 자료를 통해서 그 시대상을 알 수 있는 거지~~

- 이순임, 2013-08-15 오후 7:59

  51년도 공검에서는 먹고 살기도 바쁜 시절이었는데 이버지는 한국의 현실에서 미국의 발달된 문명을 부러워하시면서, 우리는 언제나 그 미국 문명을 도입할 수 있을까를 고민하셨다니 정말 애국자이시고 존경스럽다. 근데 그 아버지의 일기가 공개되는 이 시점에서 우리가 미국의 문명을 거의 도입했다는 사실이 놀랍다. 돌아가신 아버지도 윤한이의 효성과 한국의 위력에 감동하시고 계실 거야.

- 이순임, 2013-08-17 오전 9:46

  돌아가신 어머님이 그리워 흘린 눈물이 아버지께는 도리어 자식으로서 근심을 끼쳐드릴까 염려하는 속 깊은 마음이 슬프다.

- 이순임, 2013-08-19 오전 9:04

  일기라기보다 당시 시대상이 잘 표현된 한 편의 구슬픈 시네. 국가의 위태로운 운명 앞에서 구국의 일념으로 가족들과의 이별을 앞에 두고 있는 상황을 공감한다.

- 이순임, 2013-08-20 오전 9:08

  그 아버지에 그 아들이라고 했잖아. 선각자이신 아버지의 일기를 매일 공급하여 우리들로 하여금 역사 인식이나 효의 모범을 제공해 주고 있는 윤한이는 지금 우리들에게 너무나 자랑스런 친구야.

- 고춘자(浦澤春子), 2013-08-20 오전 10:13

  일기를 보면서 나는 윤한이의 아버지에 대한 애틋한 그리움, 사랑하는 마음을 같이 보고 있다네.

- 고찬수, 2013-08-27 오전 10:03

  예전에 공갈못 연밥사랑방에서 한번 읽어본 듯하지만 생소한 느낌도 있네.
  '효심'

- 고찬수, 2013-08-28 오전 09:37

  '50년대의 소탈한 지식인의 일상'
  많은 사람들이 소(小)역사를 읽어볼 수 있도록 좋은 방안을 찾는 것이 어떨까?

- 고찬수, 2013-08-29 오후 01:32

  애독자들이 점점 많아지길 바라며, 51년이면 당시 약관 20세이셨네.
  '62년 전' 아!

- 권태범, 2013-10-01 오후 09:19

  시대적인 아픔을 생생하게 기록하시고 일찍 유명을 달리하신 아버님의 아픔이 가슴 한 켠을 뭉클하게 하네요.
  후배님~~ 아버님 일기 감명 깊게 잘 봤습니다.

- 이순임, 2013-10-10 오전 8:20

  오늘도 당시 한 지식인의 사적인 일기를 훔쳐보는 듯 상기된 심정으로 윤한이의 아버지 일기를 접한다. 교장 선생님의 훈화, 징병 등 예전에 익숙했으나 이제는 추억이 된 말씀들이 그립다.

- 주양원, 2013-10-12 오전 08:01

  아버지의 일기 잘 보고 있어요. 그런데 같은 달, 같은 날 일기를 공개하면 더 좋을 것 같습니다. 그때 그 시절은 어떠했는지 알 수 있고요.

- 이순임, 2013-11-12 오전 10:40

  지루한 전쟁의 와중에도 배꽃과 복숭아꽃이 피면서 봄은 오고 있네. 계절적으로는 봄이 왔건만 현실적으로 평화의 봄은 언제나 오려나, 우리가 겪지 못했던 전쟁 상황을 너무나 잘 묘사해 주셨네. 일기 100회를 축하해~~

- 장성훈, 2013-11-22 오후 12:50

  역사의 기록물이네요.

- 이순임, 2013-11-26 오전 10:38

  모친 안계심의 고독과 고통을 이리도 절절히 구슬프게 표현하셨네.
  일기를 보면서 나도 따라서 울고 있다. 흑흑흑….

- 이순임, 2013-11-26 오전 11:03

  50년대의 생활상과 어버이에 대한 효심에 하나 더 추가할 것이 있어. 당시 지독한 가난 속에서도 학업을 계속할 수 있게 뒷바라지하신 할아버지의 비전은 정말 대단하시다.

- 이순임, 2013-11-26 오전 11:30

  먹고 살기도 힘들었던 그 시대에, 더구나 모친도 안 계시는 상황에서 어떻게 자식 교육에 모든 걸, 걸 수 있었을까? 어떻게 그런 선견지명이 있으셨는지….

- 정해명, 2013-12-5 오후 09:42

  선생님 수고 많으셨습니다. 훌륭하신 아버님 넘 존경스럽습니다.

- 안선옥, 2013-12-31 오후 01:45

  이제서야 아버지의 일기를 읽었네요. 가슴 뭉클했어요. 아버님의 뒤를 이어 훌륭한 아드님이라고 생각이 들어요.

- 안선옥, 2013-12-31 오후 01:47

  참고로 제 친구(동생)가 아버님을 가장 많이 닮은 것 같아요. 정말 미남이십니다.

- 김연숙, 2014-06-13 오후 06:59

  어려운 시절을 일깨워주는 아버지의 일기를 읽으면서 친구에게 감사하고 싶어지는군. 역시 친구에겐 배울 점이 많아.

- 곽대곤, 2015-04-05 오전 11:33

  아버지의 일기를 간직하고 있는 사람이 또 있을까? 그 자료를 밴드에서보다도 세상에 한 번 모두가 보고 감동할 수 있게 선친의 중요하신 기록물을 책으로 내보게.

- 곽대곤, 2015-04-05 오전 11:39

  우리 시절 선친의 일기는 아주 귀한 자료라고 생각이 드네. 그 시절에는 문맹자가 더 많은 시절 아닌가?

- 조성락, 2015-04-05 오전 11:53

  전쟁중 19세 나이에 이런 일기를 썼다는 게 얼마나 훌륭한 분인지 짐작이 가네.

- 이양수, 2015-04-06 오전 9:40

  그때 벌써 병암에 사진관이 있었나 봐.

  사진관 상표인가? 모시가다 사진이 뭘까?

  주해를 달아서 출간해야 하나?

  어서 빨리 전부를 보고프네.

- 이종훈, 2015-04-06 오후 1:01

  모시가다는 한글과 일본어의 합성어가 아닐까 추정해.

  모시는 한국의 한복 재질로, 옛날 어르신(남여)들의 여름에 속이 훤히 비칠 듯한 한복을 의미할 것 같은데 일본 말로 모시라는 의미가 무엇인지는 알아봐야겠네.

  가다는 일본 말로 어떤 형태 또는 어깨란 의미를 나타냈음.

  그래서 모시가다는 한복 복장의 의미로 쓰였을 것 같은데….

- 이화선, 2015-04-19 오전 8:00

  아버지의 일기를 골방에서 혼자 읽으면서 어떤 기분이었을까~?! 이 일기를 읽는 나도 가슴이 뭉클한데~~

- 곽대곤, 2015-04-21 오전 10:51

  잘 보았네. 부모에 대한 효성이 지극하시군. 오늘날 우리들이 본받아야 할 삼강오륜(三綱五倫)이네.

- 춘우 임재선, 2015-04-22 오전 7:16

  부친께서는 시인 못지않습니다. 그 당시에 문단이 있다면 분명히 시인이 됐을 거요.

- 이화선, 2015-04-29 오전 9:06

  난~! 참~ 행복해~ 친구 아버지의 일기를 읽으면서 그 시절을 상상하면서~ 아
  ~~ 치열했구나~~ 주민증 명칭이 도민증이었구나~~ 피란민~~!!등등 잼있기
  도 하고~!! 내면적 갈등과 젊은 시절 열정, 효에 대한~~?! 감성이 풍부하셔~!!!
  오늘도 담회를 기다린다~ 친구 고맙네~

- 고찬숙, 2015-05-11 오후 10:24

  오빠… 나한텐, 한 번도 뵌 적 없는 고모부 되시네요. 뭐 그리 바쁘다고. 이제
  서야 읽었어요. 가슴 뭉클하고 훌륭하십니다.

- 이화선, 2015-05-13 오전 7:53

  전쟁중에도 그냥 평범한 일상~~ 우리 어릴 때 보았던 그 광경이 생생하게 떠
  올라~~ 동네 총각들이 텃세를 했을까~? 날로 잼있어, 빨리 책으로 나왔으
  면…. 밤을 새워 읽을 거야.

- 이화선, 2015-05-28 오전 7:49

  전쟁중에도 놀러도 가고~ 일반인들 생활은 우리 때나 비슷하네~~ ㅎㅎㅎㅎ

- 이화선, 2015-05-29 오전 7:23

  세끼를 굶으면서 공부를 하시다니~!!
  나 같았으면 쓰러졌을 거야. 엄마의 빈자리가 넘넘~~ 슬프다.

- 이화선, 2015-06-07 오전 4:56

  감성이 풍부하셔서 선생님이 되시지 않으셨다면 시인이 되셨을 거야~ 지금
  까지 살아계셨다면~!

- 이화선, 2015-06-11 오후 6:30

  아버지 일기를 읽을수록 참으로 순수한 청년이라는 생각이 들어. 약지 않고 깨끗한 도화지 같은 분~~^^ ♡♡♡

- 이화선, 2015-06-23 오후 6:26

  어쩜 이리도 문장이 맛깔스러울까?! 연배가 비슷했다면 난 아마도 짝사랑했을 거야. 한 줄 한 줄 읽으면서 가슴이 너무도 설렌다면 믿겠니? 한 글자씩 음미하면서 읽어내려 가다 보면 쫄쫄 흐르는 냇가 돌 위에 앉아 맨발을 물에 담그고 어깨에 살포시 기대고 아주 많은 얘기를 나누고 싶어. 이렇게 서정적인 분이 계실까?!^^ ♡♡♡

- 임재현, 2013-12-5 오전 9:59

  고생 많이 하셨습니다. 매일 기대했던 즐거움 하나가 사라져 아쉬움이 남습니다.

- 안영현, 2013-12-5 오전 10:19

  형님! 매일 매일 새로운 현대사를 잘 보았습니다.^^
  앞으로도 좋은 정보 부탁합니다.^~

- 김학봉, 2013-12-05 오전 8:32

  우리 아버님 세대의 삶의 일부라도 엿볼 수 있는 좋은 기회였어. 고마워, 윤한이 삶에 향기를 위하여!!!

- 이순임, 2013-12-05 오전 10:03

  앞선 세대 지식인의 일기를 훔쳐보듯 매일 접하면서 하루를 열어서 좋았는데 이제 끝이 났다니 너무 아쉽네.~^^ 암튼 더 많은 사람들이 그 시절을 알 수 있는 좋은 자료가 되길 바라겠어.

- 이화선, 2015-08-03 오후 9:56

  아무리 바빠도… 밤 열두 시에 집에 와서도 일기 읽는 재미로 고달픈 하루를 즐거움으로 희석해 가곤 했는데 두근거리는 마음, 사랑하는 님을 기다리는 맘~ 이젠 무엇을 기다리면 살까나~ 그동안 윤한 친구 읽기 쉽게 번역해서 올리느라 고생했네~ 진심으로 감사하네.

- 백주봉, 2015-08-03 오후 10:16

  공갈못 연밥사랑방에서 아버지의 일기를 다시 밴드에 소개해 주신 이윤한 친구에게 노고의 박수를 보냅니다.
  암흑 같은 6.25 전쟁 속에서 그 시절을 상기시켜 주신 아버지께 감사드립니다. 윤한아, 그동안 수고했다. 더욱더 큰일이 남았네. 책으로 출간하게 되면 또 소개해 주게.

- 최진규, 2015-08-04 오후 4:55

  그간 수고 많았네. 전란의 혼란 속에서도 일기 쓰기를 끊지 않으시고 어려운 가운데서도 학업을 계속하신 자네 부친이 존경스럽네. 아버지의 일기에 내포된 덕목을 우리 모두가 본받아야 할 것으로 생각되네. 다시 한 번 노고를 경하해 마지않네.

- 안성일, 2015-08-04 오전 9:05

  아버지의 일기 속에 아버지의 그리움을 많이 느끼고 그 시절의 생활상, 전란
  의 상황들을 알게 되어서 친구에게 고맙고 감사하네~^^

- 손정인, 2015-08-04 오전 11:12

  그래, 그리움도 많지만 훌륭한 아버지 일기 속에서 본받을 점이 많았고 우리
  들도 존경하고 친구 추억으로 담고 가리.

- 김연숙, 2015-08-04 오전 11:15

  그동안 아버지의 일기 속에서 많은 것을 느꼈고 배웠습니다.
  이윤한, 그동안 잘 올려줘서 너무 고맙습니다.

- 권무회, 2015-09-02 공검초등 8회, 6학년 은사님

  아버지의 일기를 지금까지 잘 보관하고 그 일기를 소중히 생각하여 다시 빛
  을 보도록 책으로 엮어 보려는 깊은 뜻을 높이 평가하고 싶다.
  1950년대 초 한국전쟁의 과도기적 난시亂時에 특히, 상주, 공검 사회의 생활
  상을 소상하게 그려 놓은 그 당시 아버지 시대의 가난과 효심, 외로움, 그리
  고 그 속에서 갈등을 해야 하는 아버지 시대의 지식인들….
  세계를 이웃으로 생각하고 지금의 풍요를 누리고 사는 젊은 세대들에게는
  상상조차 할 수 없는 시사점을 주고 있다.
  앞으로 책으로 발간되기까지는 여러 가지 절차가 남았지만 좋은 결과 있기를
  빌어본다.
  자네의 결심이 정말 대견하고 멋있는 제자 윤한이에게 박수를 보낸다.

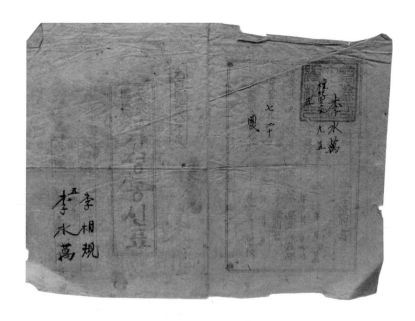

1946. 7. 20. (5학년 통지표)

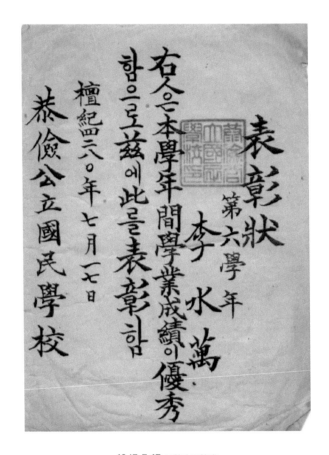

1947. 7. 17. (6학년 표창장)

아버지의 일기

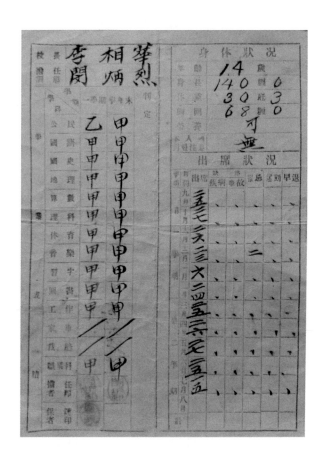

1947. (6학년 통지표)

*李相華(이상화) 교장 선생님은 1983년 결혼식에 주례를 서주었다.

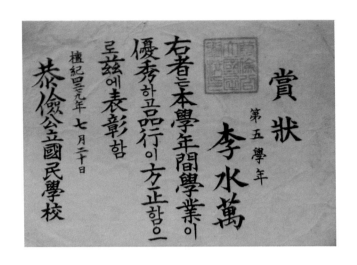

1946. 7. 20. (5학년 상장)

1947. 7. 17. 공검국민학교 졸업증서(3회)

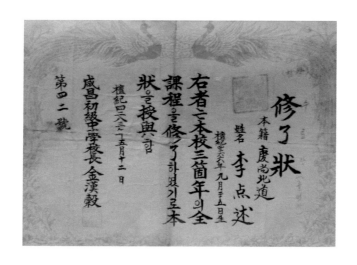

1950. 5. 20. 함창초급중학교 수료장

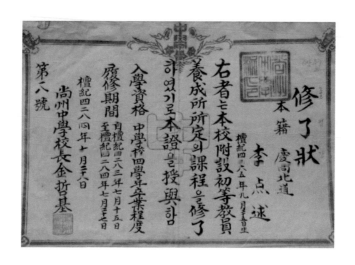

1951. 7. 28. 상주중학교부설 초등교원양성소 수료장

아버지의 흔적들

1956. 1. 17. 공검국민학교 동창회

1959. 8. 5. 하계 미술강습회

아버지의 일기

오른쪽 첫째줄 아버지, 둘째줄 김구현, 석대식 선생님 여섯번째 고영수 선생님

1950. 4. 1.

공검국민학교 제9회 졸업 기념 (1954. 3. 16.)

공검국민학교 제10회 졸업 기념 (1955. 3.)

아버지의 일기

공검국민학교 제12회 졸업 기념 (1957. 3. 15.)

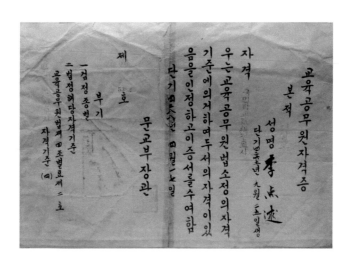

교육공무원 자격증 (1955. 4. 17.)

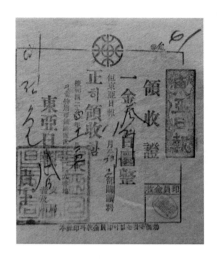

동아일보 구독 영수증 (1961. 11.)

일기 원본

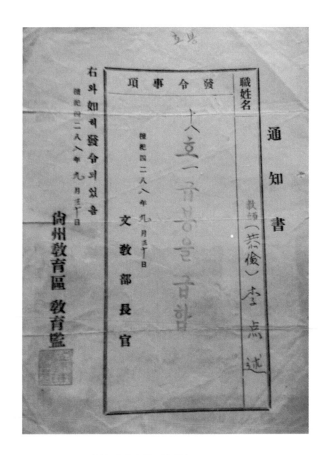

호봉 통지서 문교부장관 (1955. 9. 30.)

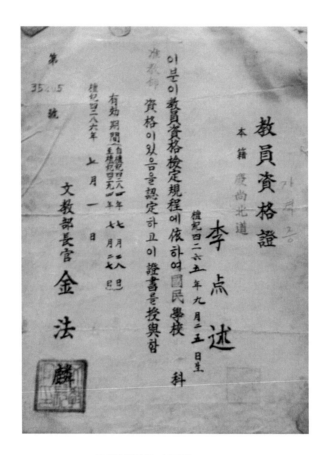

교원자격증 문교부장관 (1953. 7. 1.)

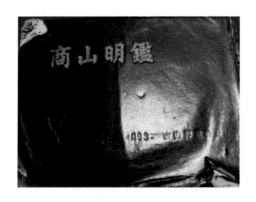

상산명감商山明鑑

일기와 함께 보관해온 상산명감商山明鑑은 1960년 2월 25일 상산평보사商山評報社 발행인 김도언金彥權이 비매품으로 발간한 8절지 206쪽의 화보집이다.

상산8경商山八景과 각 읍면의 연혁 및 자연부락의 유래가 상세히 설명되어 있으며, 각 공공기관 및 단체, 회사의 장長에 대한 인물평과 직원들 사진이 수록되어 있다. 당시의 각종 통계자료를 보면 다음과 같다.

총인구   227,237명(남113,097, 여114,140)

호구수   37,431, 양잠호수 12,000, 농우 2,653두, 양돈 11,648두

행정   1읍 17면, 자동차 67대   차(관용차6, 자가용4), 승용차(택시1, 합승3), 화물 자동차(관용9, 자가용7, 영업용37)

문화   극장 상주회관,

신문   월간상산평보(月刊商山評報)

교육   국민학교 학교수46, 분교8, 학생수 32,746, 중등학교(10개 2,124) 공립4 학생수1,208, 사립6 학생수916, 고등학교(4개 1,354) 공립2 학생수753, 사립2 학생수601

교육정도   국문 해독자 73,371, 국문 미해독자 79,454, 국민졸업자 32,324, 중 고등졸업자 6,629, 전문대학졸업자 597, 현재 취학수 34,862

칙 지

구품종사 즉

이진원* 임분

대보 참봉자

광무9년(1905년) 10월 일

의정부찬정내부대신임시서리 이종건

*이진원: 고조부.

- 대보大寶의 주요 뜻.

  임금의 도장. 임금의 자리를 말함→ 직함이 아님.

  보배 보寶

  ①보배 ②보배롭게 여기다 ③임금에 관한 것에 붙이는 접두어.

- 의정부찬정내부대신 주요 뜻

  조선 말기, 내무행정을 맡아보던 내부의 으뜸 벼슬.

- 참봉參奉

  조선시대 있었던 종9품 벼슬.

  조선시대의 원園·능전陵殿 및 사옹원司饔院·내의원內醫院·예빈시禮賓寺·군기시軍器寺·군자감軍資監·소격서昭格署 등 많은 관서에 속해 있었던 관직이다. 최말단직의 품관이다.

가족사진(2010. 1.)

어머니(고태임), 아내(위정희), 상명, 상우(오른쪽).
상우(작은아이)는 수성경찰서에서 재직하고 있다.

● 아버지의 일기

막상 일기를 낸다고 생각하니 아직도 뭔가 부족한 느낌이 듭니다. 마음 같아서는 좀 더 많은 분들의 자문과 완벽한 번역을 하여, 일기를 내고 싶었으나 더 이상 미룰 수 만은 없었습니다.

아버지의 일기를 세상에 알린 지, 어느새 13년이 지나도록 책으로 발간하지 못하는 마음이 항상 무거웠습니다.

그동안 많은 분들의 격려와 성원에 다시 한 번 용기를 내어, 지난해 봄에 돌아가신 어머니와 아버지의 영전에 일기를 올리고자 마음먹게 되었습니다. 부족하나마 그것이 자식된 자의 도리라고 여겨졌기 때문입니다.

혹여, 일기의 문장이 서툴거나 어떤 부족함이 있다면 그것은 순전히 저의 번역 실력이 부족한 탓임을 밝힙니다. 못난 자식이 아버지의 덕성과 글 솜씨를 미처 따르지 못한 것이라 여겨주시길 바랍니다.

일기를 발간하기 전에 '공갈못 연밥사랑방'(2002년) 및 '공검초등 26

회', '양정초등 1회', '공검중학교 1회', '재구공검면향우회' 밴드에서 많은 성원을 보내주신 동문, 동창생, 향우회 선후배님과 카카오스토리 친구분들께 감사드립니다.

초등 은사님(8회)이신 권무회 선생님께서 일기를 감수해 주시어 많은 도움을 주신 데 대하여 감사드립니다.

그리고 아버지의 일기 주해를 달아서 일기를 이해하는 데, 많은 도움을 주신 위영복(초등21회) 선배님께도 감사를 드립니다.

아무쪼록, 아버지의 일기가 아버지 세대를 이해하는 데, 조금이라도 도움이 되었으면 합니다.

고향 상주의 초·중등학교에도 일기를 배부하여 자라나는 세대들에게, 효孝란 무엇인지를 일깨워주는 계기가 되었으면 하는 작은 바램입니다.

그리고 일기에 나오는 많은 아버지 친구분들을 찾아 뵙고 일기를 꼭 드리고 싶습니다.

끝으로, 아버지의 일기를 알리지도 못하고 먼저 떠난 동생 준한(俊漢)에게도 이 기쁨을 알리고 싶습니다. 하늘나라에서 이 책이 꼭 읽혀지기를 기도하면서, 일기를 발간할 수 있도록 성원해주신 모든 분들과 곁에서 응원해준 아내에게 다시 한 번 감사의 인사를 올립니다.

2016년 丙申年 봄

아들 이윤한(李潤漢) 올림